나를
사랑하는
미친 누나

나를
사랑하는
미친 누나

배기정

장편소설

네오픽션

차
례

타로점을 봤어.

태양을 쫓는 자의 카드가 나왔어.

웃음이 났어.

나는 너를 태양이라 여겼으니까.

네 아래에서 따뜻했으니까.

내가 너를 올려다보면,

너는 마침내 네가 빛나고 있다는 것을

깨닫게 되니까.

1
장

지세준

1

덕질 비즈니스가 돌아가기 위해 필요한 건 두 가지다. 여자들의 선을 넘은 애정과, 유사 연애를 말아주는 최애. 여기서 나는 후자를 맡고 있다. 그건 어떻게 하는 건데? 팬들과 하는 유사 연애, 그게 대체 뭔데? 자, 혹시라도 궁금해할 머글들을 위해 예를 들자면.

"세준아, 내 생리 날짜 기억해요?"

이런 건 팬싸에서 받는 단골 질문인데, 나는 곧바로 대답할 수 있다.

"매달 15일에서 18일 사이, 맞지?"

깍지 긴 손을 꼭 잡아주는 건 잊지 않는 서비스. 저 질문을
한 건 서른아홉 살 로펌 비서 이지영 누나다. 누나의 변호사 남
자 친구는 한 달에 한 번, 누나가 생리통으로 진통제를 먹을 때
마다 어디 아프냐고 묻는 멍청이다. 나는 그 남자 친구 대신 누
나의 생리주기를 기억해줘야 한다. 거북하지 않느냐고? 모르
는 소리다. 제발, 뭘 모르는 사람들은 내 팬싸 영상에 함부로
댓글을 달지 않았으면 좋겠다.

〈팬들 생리 날짜도 기억해주는 최애.avi〉

저 팬싸 영상은 트위터 1만 알티다. 타고 타고, 나르고 날라
져서 인스타그램이나 유튜브에서도 쇼츠로 돌고 있다. 그 덕
분에 내 팬덤인 '세준태세만만세'의 유입도 늘어났다. 본인에
대한 시시콜콜한 정보까지도 기억해주길 바라는 것이 여자들
이다. 여자들은 선물을 받으면 우쭐해하고, 마음을 어루만져주
면 눈물을 흘린다. 하지만 대부분의 남자들은 그 두 가지를 한
번에 해내지 못한다. 그들의 제한된 능력치에 여자들은 서운
해한다. 지세준은 팬들을 위한 역조공에 돈을 아끼지 않고, 다
정한 말도 곧잘 한다. 아이돌이 차고 넘치는 대한민국의 대중
음악 판에서 트로트 가수 지세준이 사랑을 받을 수 있는 건 완

벽한 팬덤 케어 덕분이다.

때로 비난의 시선을 받기도 한다. '미친 여자들'을 만드는 주동자는 그들의 최애라고, 지세준은 누나뻘, 이모뻘인 여자들 앞에서 엉덩이를 흔들고 역겨운 애교를 부린다고. 아니, 제발 모르는 소리 하지 말라고. 대한민국에서 가수로 성공하려면 샌님처럼 굴어서 안 된다니까. 곡 좀 만들 줄 안다고, 노래 좀 한다고 뻣뻣하게 굴면 손가락 빨기 딱 좋다니까.

나, 지세준은 진심이다.

내 팬들을 미친 여자들이라고 생각하지 않는다. 나를 향해 기를 쓰고 손을 뻗는 그 여자들을 아낄 뿐이다. 아끼는 여자들을 잃지 않기 위해 애쓰는 것은 당연하다. 올림픽 체조경기장을 꽉 메워서 최애의 기를 살려주는 여자들을 어떻게 사랑하지 않을 수 있겠는가.

나도 처음부터 잘 팔렸던 것은 아니다. 인기 가수 지세준의 성장사는 잔혹했다. 자기 연민이 아니라 내 나무위키의 가족란만 봐도 '지세준 좀 안쓰럽네' 소리가 절로 나올 정도니까.

내 부모는 떳떳하게 사는 사람들이 아니었다. 그들은 떴다방 동료로 만나 심심풀이로 몸을 섞다가 나를 낳았다. 전국을 돌아다니며 사기를 치느라 육아할 시간이 없었기에 장난처럼 태어난 나는 생후 삼 개월째에 시골에 맡겨졌다. 나의 외할머니 양숙형 할머니는 머저리 같은 부모 밑에서 똘망한 아이가 태어난 것을 위안 삼으며 나를 키웠다. 부모는 내가 다섯 살이 되던 해에 구속됐다. 친부는 실형을 살다 지병으로 옥중에서 죽었다. 할머니와 같이 친모의 면회를 간 적 있는데, 친모는 내가 죽은 남편을 닮아 끔찍하다며 욕을 해댔다. 그때 우리 양숙형 할머니는 결심했다.

'쌍년, 두고 보자. 내 이 언내를 어찌 키우나. 뭘 하든 대단한 놈을 만들 끼다.'

할머니는 옆집 파 농사를 도우며 어린 손자를 키우는 슈퍼 그랜마였다. 옆집 딸은 방송작가였는데, 귀농한 부모를 만나러 올 때마다 〈인간극장〉에 출연하자고 할머니를 꾀었다. 할머니는 전통시장에서 쓸 수 있는 상품권을 여러 장 주겠다는 말에 금방 넘어갔다. 나무위키에는 지세준의 연예계 데뷔가 〈인간극장〉 '슈퍼 그랜마와 트로트 소년'이라고 적혀 있다. 할머니와 나의 이야기는 방영 당시 소소하게 인기를 끌었다. 할머니가 즐겨 듣는 트로트를 종알종알 불러대는 여덟 살 소년. 친구들과 공을 차고 뜀박질하는 것보다 소주를 자시는 할머니 앞에서 트로트 가락을 뽑는 것을 좋아하는 소년 지세준의 모습은 뭉클했으니까, 귀여웠으니까.

〈인간극장〉 이후 아역배우 제의가 몇 번 들어왔다. 우리 양숙형 할머니는 옛날 사람치고 야망 있는 여자였지만, 판검사 놔두고 왜 딴따라를 하냐는 고리타분한 가치관에서 벗어나지 못했다. 서울의 에이전시에서 전화가 오면 매몰차게 끊어버리기를 몇 번. 중학생이 된 내가 축제에서 저스틴 팀버레이크의 〈섹시 백〉에 맞춰 독무를 췄을 때 할머니는 비로소 깨달았다.

'저놈이 사람 홀리는, 쟤 부모의 몹쓸 재주를 닮았구나.'

할머니는 내가 부모처럼 사람들에게 사기 치는 양아치가 되는 것보다 딴따라가 되는 게 낫겠다고 판단했다. 나는 열다섯 살에 중견 기획사의 연습생이 되었고, 열여덟 살에 데뷔했다.

데일리보이즈. 편안한 일상처럼 대중들에게 다가가겠다는 포부를 지닌 다섯 소년들은 대차게 망했다. 지금 생각하면 작명부터 부정을 탄 것이 아닌가 싶다. 대부분의 사람들에게 일상이란 있는 듯 없는 듯 특별한 것 없는 존재가 아니던가. 데일리보이즈는 그렇게 있는 듯 없는 듯 사라졌다. 처음이자 마지막으로 받은 정산금은 삼만 이천오백 원이었다. 집안에 돈 좀 있는 다른 멤버들은 변호사를 앞세워 사측을 고소했지만, 나는 그 시간에 아르바이트를 했다. 그렇게 번 돈 오백이십삼만 이천오백 원을 할머니에게 송금한 뒤 입대했다.

제대 후에는 고등학교 동창 창식이가 운영하는 흥신소에서 일했다. 망한 아이돌이라 얼굴을 알아보는 사람도 없었다. 불류 남녀의 사진을 찍으며 돈을 모았다. 내심 누가 나를 알아보고 제보라도 해서 근황 유튜브 채널 따위에 나가길 기대했는데, 스물다섯 살부터 스물일곱 살까지 누구에게도 들키지 않고 흥신소 찍사 노릇을 했다.

아, 내게 알은체하던 한 명이 있었다.

'데일리보이즈…… 맞지?'

경 대표. 그는 불륜 현장 사진 속 피사체가 되어 사장인 창식이와 네고를 하던 중에 나를 알아봤다. 경 대표는 한때 내가 트로트 소년이었던 것까지 알고 있었다.

'남돌 시장은 포화 상태라 저들끼리 나눠 먹기야. 트로트 가수해라, 너.'

그건 뭐 쉽나, 생각하면서도 나는 경 대표와 계약했다. 너 또 망하고 싶냐며, 급여를 올려줄 테니 찍사 노릇이나 계속하라는 창식이에게 뭐라도 되는 것처럼 담대하게 말했다.

"놀던 물에서 놀아야겠어."

그 놀던 물은 오염된 심해였다. 한 번 옷깃을 적시면 구린내가 심하게 올라오는. 나는 기꺼이 그 바다로 돌아갔다. 짜고 더러운 물을 죽기 직전까지 들이켠 채 기진맥진하며 뭍에 올라와 놓고도, 다시 돌아갔다.

2

스물일곱 살부터 서른 살. 지방 행사가 마흔다섯 건, 〈전국 노래자랑〉 한 번, 〈아리랑 티비〉에서 두 번의 활동. K사의 트로트 경연 프로그램에서는 예선 탈락. 경 대표는 작가와 피디가 돈을 받아먹고 입 닦았다고 분개했다(액수가 예선을 통과할 만큼은 아니었을 테지만). 업계에서 지세준, 걔 노래 제법 하더라, 젊줌마들이 좋아할 상이더라, 하는 평이 돌았다. 존재감이 없어서 구린 루머 하나 돌지 않던 망돌 시절보다는 나았지만, 나는 흔히 말하는 한 방이 없는, 대박이 나지 않는 연예인이었다. 마트 개업식 따위에 팔려 다니곤 했는데, 그중 엠마트는 경 대표의 처제가 개업한 중소 규모 마트였다. 섭외된 내레이터 모델 대신 내가 무대에 올랐다. 예쁜 언니들 놔두고 웬 삐쩍 마르고 길쭉한 남자애를 올려보내느냐고 경 대표 처제의 남편이 투덜거렸을 때, 경 대표는 코웃음을 쳤다.

"어차피 물건 사는 건 죄다 아줌마들인데, 왜 헐벗은 여자애들을 올려? 헐벗은 남자라면 또 몰라."

경 대표의 말은 맞았다. 나는 복근이 살짝 드러나는 크롭 티에 가죽 바지를 입고 양쪽에서 바람 인형이 흔들거리는 무대에 섰다. 자작곡 〈베스트 맨〉을 열창했다. 트로트에 유로팝을

끼얹은 멜로디 위에서 춤사위를 뽐냈다.

아임 유어 베스트 맨, 유어 맨.

내 고음은 조악한 음향을 뚫었고, 전성기를 맞은 골반은 잘
도 돌아갔다. 장을 보러 온 아줌마들은 엄머어머머어머를 연
발하면서 노골적인 시선을 감추지 않았다. 매일 할머니, 할아
버지들의 느린 박수 소리만 듣다가, 오로지 나를 향한 환호를
듣고 있으니 신이 났다. 우쭐해졌다. 이런 순간이 계속된다면
얼마나 좋을까. 순수하게 빌었다. 무대 중반쯤 아줌마들이 계
란 삼십 구 플러스 십 구 행사에 우루루 몰려갔을 때는 아쉬웠
다. 여러분, 제 마지막 포즈를 보셔야 해요. 얼마나 고심해서
만든 회심의 안무인데, 제발, 봐주세요. 속으로 애원하다가 무
대를 끝냈다. 경 대표의 처제가 모처럼 눈이 즐거웠다고 짜장
라면 한 박스를 차에 실어줄 때는 허탈했다. 경 대표가 직접 운
전해서 가라며 모닝 차 키를 쥐어줄 때는…… 그냥 운전대를
잡았다. 아쉽고 허탈한 순간이 어디 한두 번이었나. 끝내주게
춤을 춰도, 목청 높여 고음을 질러도 사람들은 때가 되면 떠났
다. 내 무대를 더 보고 싶어 애틋하게 쳐다보는 사람은 없었다.
그랬는데.

"저기요."

엠마트 조끼를 입은 아줌마가 차창을 두드렸다. 짜장라면 말고 뭘 더 주려나 싶어 창을 내렸는데.

"저기…… 이름이 뭐라구요?"

내 이름을 물어봤다. 궁금해했다. 사실 나는 그런 걸 바라왔다. 내 예쁜 몸매에 엄머머멈머를 연발하는 아줌마들도 좋지만, 저 무대 위 청년의 이름을 궁금해하는 사람을.

"지세준입니다."

아, 지세준이요, 지세준……. 아줌마는 내 이름을 여러 번 읊조렸다. 마치 소중한 말을 들은 것처럼, 소중하게 발음했다.

"저기, 멋졌어요."

아줌마가 웃었다. 그 순간, 코끝이 찡해졌다. 근래에 내 면전에 대고 내뱉어진 많은 말들 중 가장 듣기 좋은 말이었다.

며칠 후 회사를 갔더니 분위기가 달라져 있었다. 나를 천덕꾸러기 남동생 보듯 했던 회사 사람들이 평소와 달리 웃으며 반겼고, 심지어 경 대표는 나를 끌어안았다.

"세준아, 인마. 넌 역시 한 방이 있는 새끼였어."

〈지세즌_엠마트_avi〉

직캠이 터졌다. 트위터 2만 알티를 타고 유튜브까지 퍼져 인급동에 올랐다. 지세'즌'. 이름이 틀렸지만, 그날 이후 내 애칭은 지세즌이 되었다.

방송국 놈들 뭐하냐 지세즌이 안 데려가고.

아니 베스트 맨을 여태껏 왜 몰랐지?

엄마 나 트로트 맨 조아해…….

최고의 내레이터다…….

가죽 바지 줌인 들어가는 거 본능이겠지? 인간적 본능.

믹 재거 환생한 줄.

↳ 믹 재거 안 죽었거든?

이미 예선을 끝내고 방송 중이었던 트로트 경연 프로그램에 와일드카드로 출연하게 되었다. 행사가 물밀 듯이 들어왔다.

직캠을 올린 계정주의 닉네임은 '연희정'. 첫 팬싸에 초대하기 위해 사측에서 연희정에게 따로 연락을 취했는데 답이 없었다. 홈마 중엔 샤이한 이들도 있었으니까, 그런 타입인가 여겼다.

직캠만 보고 몰린 백여 명의 팬들 중엔 내 이름이 지세즌인 줄 아는 이들도 있었다. 막 모이기 시작한 팬들 중엔 어중이떠

중이들이 많았다. 또 다른 뉴페이스가 나타나면 사라질 사람들이었다. 지칠 무렵에 연희정이 나타났다. 연희정이 자신을 연희정이라고 소개하는 순간, 내가 활짝 웃는 장면이 움짤로 박제되었다.

〈홈마 만나서 활짝 웃는 세즈니.gif〉

"누나가 나 트위터 믹 재거 만들어줬잖아, 고마워요."

내 말에 연희정의 눈가가 붉어졌다. 맞잡고 있던 손에 땀이 났다. 분명 연희정의 땀이었을 거다. 연희정은 결국 눈물을 떨궜다.

"내가 더 고마워요, 세준 씨. 가수 해줘서, 태어나줘서."

덜덜 떠는 손으로 내 손을 꽉 쥐고 울던 연희정은 네임드 홈마가 되었다. 정정한다. 연희정은 사생이기도 하다. 네임드 홈마라면, 그 자긍심을 지키기 위해서라도 최애의 스케줄 외의 사생활은 쫓아다니지 않는다. 정정한다. 쫓아다닐 수 있지만, 그러지 않는다. 홈마에게 무대 위 빛나는 최애의 모습을 포착하는 건 올바른 행위이지만, 최애의 사적인 모습을 찍는 건 범죄나 다름없다. 팬덤 밖에서 보자면 홈마나 사생이나 도긴개긴일 수 있겠지만 엄연히 다른 존재다.

아마 연희정은 덕질 입문을 나, 지세준으로 했을 것이다. 나한테 감정은 생기는데 덕질이란 분야는 생소했을 테니 속성학습을 했을 테고. 홈마와 사생의 경계를 구분하지 못하는 것도 이해가 되긴 한다.

한 번 더 예를 들어보자.

어느 하루 나의 스케줄이 음악방송 녹화, 제주도 행사라면? 홈마는 음악방송 사전녹화를 하는 내 모습을 카메라에 담은 후 공항으로 향한다. 지세준 출국 기사를 내기 위해 기다리고 있을 연예부 기자들 사이 어딘가 자리를 잡는다. 여기까지가 홈마다. 제주도행 티켓을 끊어 같은 항공편에 탑승하는 것부터 사생이다. 내 좌석과 가까운 곳에 앉아 카메라로 몰래 나를 찍는 것이 사생이다.

세준이 비행기 타자마자 잠들었네.

세준이 스튜어디스 년한테 웃어주네.

사진과 함께 이런 글을 올리는 게 사생이다.

엠마트 직캠 이후 연희정은 깜짝 놀랐을 것이다. 지세준의 1대 홈마, 지세준의 은인이라고 치켜세우는 말들은 연희정을 뿌듯하게 했을지도, 엠마트 직캠 이후의 작업물을 원하는 목소리들이 유독 크게 들렸을지도. 그 모든 게 지세준에 대한 애정을 더욱 커지게 만들었을지도 모른다.

연희정은 내 신체의 특정 부위를 찍는다. 그날의 눈, 코, 입, 귀, 머리카락, 손가락, 배꼽, 무릎, 팔꿈치, 목울대, 손톱, 콧등, 티 존. 팬들은 연희정의 사진에 열광한다. 그 사진들을 시기별로 분류한 2차 가공 자료가 퍼지기도 한다. 프로파일러가 되려다 관뒀다는(사실인지 모르겠지만) 한 유튜버는 연희정이 찍은 내 사진들을 보고 기함하기도 했다.

"이거요, 연쇄 살인마들 시그니처 같은 거잖아요. 자기가 죽인 인간들의 신체를 잘라서 보관하는 거."

신박한 분석이기는 했지만 비약이었다. 음, 연희정이 가끔 도 넘은 행동을 하는 것은 맞다.

스스로 최애와 유대가 깊다고 생각하는 홈마 혹은 사생들은, 최애의 작은 비밀 정도는 눈감아주기도 한다. 뭐랄까. 사춘기 아들의 방, 침대 밑에 놓인 각 티슈를 조용히 새것으로 교체해주고 방문을 닫아주는 엄마의 마음이랄까. 그런 마음으로 최애의 작은 비밀 정도는 넘어가는 거랄까. 연희정은, 덕질 속성 학습을 한 연희정은, 나의 작은 비밀을 숨겨주는 듯하면서도 경고를 한다. 그것이 경고인지 아닌지조차 나만 눈치챌 수 있도록 말이다.

전 여자 친구 린아를 내 오피스텔로 부른 날, 린아는 갑자기 생리가 시작됐고, 할 수 없이 내가 대신 탐폰을 사러 편의점에 갔다. 그때 탐폰을 집는 모습을 연희정이 포착했다.

길 가다가 돈 없는 여중생이 탐폰 사다 달라고 하니까
세즈니가 묻지도 따지지도 않고 사오더라구요.
편의점 알바한테 뭐가 더 안전한지 물어보기도 하구.
여중생은 일반인이라 공개 안 해요.
걍 다정한 세즈니 모습만 보셔요.

당시 연희정은 린아의 존재를 알고서, 우리 집에 린아가 있다는 걸 알고서, 린아 대신 탐폰을 사러 온 나를 '포장해서' 사진과 함께 SNS에 내보냈다. 최애가 성적 욕망을 푸는 건 받아들이지만, '연희정이 원하는 지세준'의 모습을 구체적으로 제시한 것에 가까웠다.

끔찍하지 않느냐고? 앞서 말하지 않았는가. 그렇게 물어보는 건 머글들 뿐이라고. 덕질 비즈니스에서 최애를 담당하고 있는 나는 홈마도, 사생도 함부로 증오할 수 없다. 뭐, 연희정의 탐폰 사진 덕분에 나는 지금 생리대 광고모델로 활동 중이고, 저소득층에게 생리대를 지원하는 공익사업 광고에도 출연

할 예정이다.

덕질 비즈니스에서 중요한 건 최애와 팬의 윈윈이다.

자, 그럼 여기서 의문점이 들겠지. 대체 연애는 어떻게 하냐고, 여자는 어떻게 만나냐고. 되묻고 싶다. 당신들에게도 은신처가 있지 않느냐고, 인간이라면 마음이든 몸이든 쉴 수 있는 공간을 마련해두지 않느냐고. 그 은신처가 하와이에 있는 별장이 아니더라도, 동네 카페라도, 회사 탕비실이라도 누구나 은신처 하나쯤은 갖고 있는 법이다.

내 은신처는 경기도 대야미에 있다. 대야미의 단층 주택은 할머니가 요양병원에 들어가기 전까지 지내던 곳이다. 잘나가는 손자를 자주 보고 싶어 하면서도, 도시 생활은 힘들어하던 할머니를 모시기 위해 수도권 내 전원주택을 알아보다가, 집 뒤에 작은 텃밭이 있고 석양을 볼 수 있는 집을 찾아냈다. 내부는 모두 신식이고, 전 집주인이 안방에 두고 간 돌침대도 쓸만했다. 할머니는 사계절 내내 그 돌침대에서 등 지지는 것을 좋아했다. 현재 들어가 있는 요양병원은 실버타운이나 다름없는 고급 시설이지만, 할머니는 대야미 집의 돌침대를 그리워했다.

잠깐. 감상에 빠지고 싶지 않다. 할머니가 대야미 집으로 돌아올 수 없다는 걸 알고 있지 않은가. 그만하자.

할머니가 대야미 집을 떠난 후, 처음에는 매매를 할까 고민

하며 집 상태를 점검하러 간 적이 있었다. 린아가 동행했는데
그때 우리는 교제 중이었다. 집을 살펴보던 린아는 운치 있다
며 좋아했다. 당시 린아와 점점 섹스리스 커플이 되어가는 것
일까 고민하던 터였는데, 대야미 집에서 모처럼 좋은 밤을 보
냈다. 린아도 내심 같은 고민을 하고 있던 탓인지, 내게 활력이
생기자 들떠 했다.

 린아와 헤어진 이후로도 대야미 집에 여자들을 초대했다.
여자들은 처음에는 하나같이 서울 시내에 번듯한 오피스텔을
두고 왜 대야미까지 가느냐고 불평했지만, 막상 집에 들어서
면 관리 잘된 별장 같다며 좋아했고 또 돌침대에서도…….

 대야미 집까지 쫓아오려던 사생들의 시도가 없었던 건 아니
다. 내 차를 뒤따라오는 택시들을 그때마다 능숙하게 따돌렸
을 뿐이지.

 세준이도 쉴 곳이 있어야 하잖아요. 다들 적당히 좀 해요.

 팬 커뮤니티에 저런 말을 남긴 건 연희정이었다. 기분 탓인
가. 그때부터 날뛰던 사생들이 조금씩 숨이 죽는 듯했다.

 | 걔를 또 만나? 걔는 너 말고도 남자 많아, 세준아. |

헤어진 린아를 술김에 대야미 집으로 불렀을 때, 문자메시지를 받았다. 자는 린아를 두고 마당에 나와 서성이다가 마주친 자동차 헤드라이트. 나를 비추자마자 다급히 사라지던 허번호판의 경차. 연희정은 나를 쫓아왔다. 따라붙었던 사생들을 다 따돌렸다고 생각했는데, 연희정은 티도 내지 않고 대야미까지 나를 쫓아온 것이다. 연희정의 얼굴을 확인한 건 아니었다. 문자메시지와 함께 도착한 사진이 있었다. 린아의 화려한 네일아트, 손가락. 연희정의 홈마 계정에서 내 특정 부위 사진을 볼 때와는 다르게, 살 끝에 서슬이 닿는 기분을 느꼈다.

사생들이 꿰준 것 없이 나를 쫓아다니는 악덕 사채업자 같다면, 연희정은 필요악이었다.

연희정

엠마트 정육 일은 어렵게 얻은 일자리였습니다. 정규직으로 일해본 적 없는 나에게 안도감을 주는 직장이었지요. 알고 있습니다. 사장님은 면접 때부터 나를 탐탁지않아 했다는 것을요. 마흔 넘은 어두운 낯빛의 아줌마를 채용하기가 꺼려졌겠지요. 정육 코너는 마트의 꽃이 아니던가요. 장 보러 온 사모님들의 시선을 잡기에는 덩치 좋고 잘생긴 청년이 고기를 썰고 있는 편이 더 좋았겠지요. 면접 후에 이번에도 글렀구나, 마음을 접었는데 다음 날부터 출근하라는 통보를 받았습니다. 한껏 상기되어 첫 출근을 했을 때, 사장님의 남동생 유근호 점장님이 나를 반겨줬습니다.

"이력서 보니까 돼지 도축 경험도 있으시더라구요. 정육 일을 궂은일이라 여기지 않고 열심히 해주실 것 같아서 제가 적극 밀어드렸습니다."

유근호 점장님. 그분은 나를 잘 챙겨주었습니다. 나를 함부로 이모님, 누님이라고 부르지 않고 내 이름 석 자에 '님'을 붙여가며 예의 바르게 대해줬습니다. 그것만으로 고맙다고 생각했습니다. 살다 보면, 아무에게 아줌마라고 불리는 일이 많거든요. 요새는 관리를 잘하여 제 나이로 보이지 않는 여자들이 널렸지만, 겨우 선크림이나 바를 줄 알았지 자기 관리 같은 것은 할 줄 몰랐던 나는 나이보다 더 들어 보였습니다. 사장님이 나에게 "아줌마!"라고 소리칠 때, 유근호 점장님이 나서서 사장님인 제 누나를 나무랐습니다. 누나한테 누가 내뜸 "아줌마!"라고 하면 좋겠느냐고. 근무하며 몸이나 마음이 고단할 때, 그 말만 떠올리면 피식피식 웃음이 새어나왔습니다. 웃을 일이 생겨서 그런지 내 얼굴도 조금씩 나아졌습니다. 얼굴색에 맞는 파운데이션을 찾아 쓰게 되고, 눈썹도 다듬었습니다. 정육 일을 해야 하기에 편한 옷을 입었지만, 되도록 깔끔해 보일 수 있도록 노력했습니다. 나를 무시하는 다른 직원들의 말에도 너스레를 떨며 대응할 수 있었습니다. 나는 서서히 바뀌어 갔습니다.

그날은 직원 전체 회식을 한 날이었습니다. 근처 고깃집에서 1차를 하고, 2차는 마트 지하에 있는 노래방에 갔습니다. 남 앞에서 노래를 불러본 적은 없기에 바로 귀가하려는데, 유근호 점장님이 나를 붙잡았습니다.

"같이 가요. 다른 분들하고도 친해지시면 좋잖아요."

"아, 저는……."

"저하고는 이미 친해지셨으니까, 다른 직원들하고도 가까워져 보자구요."

이미 친하다는 말. 그 말이 나를 움직였습니다. 2차에 참석한 인원은 일곱 명. 사장님 부부는 돌아갔고, 유근호 점장님과 나 그리고 과일 코너 최 씨와 시식 코너 박 양, 캐셔 세 명이 노래방으로 향했습니다. 선뜻 마이크를 잡기가 어려워 마카로니 과자만 씹고 있었는데요. 유근호 점장님이 내게 마이크를 내밀었습니다. 거절할 수가 없었지요. 내가 제대로 부를 수 있는 노래는 몇 곡 없었는데, 그중 하나가 서지원의 〈내 눈물 모아〉였습니다. 애잔한 전주가 흐르는데, 과일 코너 최 씨가 비죽였습니다.

"우리 정육 이모는 예쁜 남자들만 좋아하나 봐."

맞습니다. 나는 예전부터 예쁜 남자들을 좋아했습니다. 이유는 단순했습니다. 살면서 예쁜 것을 접하기가 어려웠습니다. 어머니는 화병으로 바싹 말라 죽었고요, 아버지는 술을 마

시든 안 마시든 인상을 푹푹 쓰고 있는 사람이었고요, 언니
는…… 나를 닮았습니다. 상경해서 했던 일들은 화장실 청소,
식당 주방 일이었고요. 직접 만날 수는 없겠지만, 화면에서만
큼은 예쁜 얼굴로 나를 바라봐주는 남자들을 좋아했습니다.
그들의 본격적인 팬이 되어본 적은 없지만, 그들의 예쁨을 사
랑했습니다. 예쁜 것들을 사랑하는 것이 죄는 아니잖아요.

　예쁜 남자 서지원의 〈내 눈물 모아〉를 불렀습니다. 노래가
끝나고 유근호 점장님은 나를 칭찬했습니다. 목소리가 예쁘다
고, 여자 아이돌처럼 노래를 예쁘게 부른다고요. 그때 점장님
의 말이 신호 같았던 걸까요. 뭐가 됐든 나는 기쁨을 주체하지
못했던 것이 맞습니다. 마흔두 살의 아줌마에게 여자 아이돌
같다고 말하는 것은, 아무런 생각 없이 뱉을 수 있는 말이 아니
라고 생각했으니까요.

　담배를 사오겠다고 나간 유근호 점장님을 노래방 계단에서
기다렸습니다. 그 짧은 순간에 어떤 말을 어떻게 점장님한테
해야 할지 떠올렸습니다.

　"어, 왜 여기 계세요? 더우셨구나. 그럴 줄 알고 아이스크림
도 사왔죠."

　유근호 점장님이 내게 메가톤바를 내밀었습니다. 그 사람은
기억했던 겁니다. 마트 휴게 시간에 메가톤바를 물고 있는 나

를. 나는 조금 떨었지만, 말했습니다. 유근호 점장님에게 하고 싶은 말을요.

"우리 3차 갈래요?"

유근호 점장님은 웃었습니다.

"노래방 슬슬 지겹죠? 좋아요. 다들 불러서 나가죠."

나는 더 정확하게 말했습니다.

"우리 둘만요."

유근호 점장님은 당황했습니다. 웃었습니다.

"그건 곤란한데요."

정적이 흘렀습니다. 메가톤바가 물컹물컹해질 때까지. 유근호 점장님은 내 손에서 메가톤바를 가져가고, 빠삐코로 바꿔 줬습니다.

"기다리세요. 제가 사람들 불러올게요. 여. 사. 님."

나를 향해 다정하게 웃어보이고 그렇게 계단을 내려갔습니다. 나는 깨달았습니다. 유근호 점장님이 당황했구나, 그래서 나를 여사님이라 부른 거구나. 사람은 당황하면 무의식이 튀어나옵니다. 유근호 점장님은 그동안 나를 여사님이라 부르지 않기 위해 애를 써왔던 거겠지요.

다음 날, 마트에서 유근호 점장님은 평소와 다름없이 점잖게 인사해주었습니다. 나에게 토시살 한 근, 갈비살 반 근을 주문했습니다.

"여자 친구 생일이거든요. 직접 저녁을 만들어주고 싶어서요."

다정하고 예의 바른 사람의 무서움을 그때 깨달았습니다. 다정하고 예의 바른 사람은 거절을 할 때도 같습니다. 다정하고 예의 바르게 상대의 마음에 상처를 냅니다.

나는 다시 어두워졌습니다. 예전의 나로 돌아가는 것은 쉬웠습니다. 돌아가니, 그 어둠이 내 정체성이라는 생각이 들었습니다. 마음이 편해졌습니다.

몇 달 뒤, 엠마트는 자리를 옮겨야 했습니다. 임대인이 엠마트의 자리에 편의점을 내겠다고 했거든요. 엠마트는 기존 직원들과 함께 다른 동네로 이전했습니다. 원래 있던 곳에서 버스로 다섯 정거장 거리에 있는, 연세 드신 분과 신혼부부가 섞여 사는 동네였습니다. 사장님은 오픈 행사를 크게 하고 싶어 했습니다. 내레이터 모델 둘을 섭외하고, 가게 앞에 조악하지만 화려한 무대를 꾸몄습니다. 행사 삼십 분 전, 사장님의 형부라는 사람이 등장했습니다. 사장님은 자기 형부를 경 대표님이라고 불렀습니다.

"어차피 물건 사는 건 죄다 아줌마들인데, 왜 헐벗은 여자애들을 올려? 헐벗은 남자라면 또 몰라."

오픈 행사에 미니스커트를 입은 내레이터 모델들을 섭외하는 것은 시대착오적이라고 생각했던 나는 마음속으로 경 대표의 말에 동조했습니다. 경 대표는 대기 중이던 내레이터 모델들에게 그날의 일당을 쥐어주고는 돌아가게 했습니다. 사장님은 형부가 책임지라며 투덜댔습니다. 이윽고 무대 위에 배꼽이 훤히 드러나는 짧은 상의에 꽉 끼는 가죽 바지를 입은 남자가 올랐습니다.

"우리 정육 이모는 예쁜 남자들만 좋아하나 봐."

맞다니까요. 나는 예전부터 예쁜 남자들을 좋아했습니다. 파채 서비스를 두고 간 손님을 쫓아나왔다가, 입을 헤벌쭉 벌리고 무대를 보고 있는 아주머니 무리들을 발견했습니다. 나도 자연스럽게 무대로 시선이 향했지요. 복근이 선명한 배, 리듬감 좋게 돌아가는 골반, 막힘없이 뻗어나가는 목소리.

아임 유어 베스트 맨, 유어 맨.

한순간이었습니다. 세준이 내 마음에 들어온 것은. 유근호 팀장이 서서히 스며든 쪽이라면, 세준은 단번에 나를 흠뻑 적시는 소나기 같았습니다. 그때까지만 해도 나는 '홈마'라는 게 무엇인지 몰랐는데요. 본능적으로 핸드폰의 동영상 모드를 켰습니다. 세준을 담았습니다. 세준의 곧게 뻗은 긴 다리가 잘 보일 수 있도록 세로로요. 대폭 할인을 하길래 아이폰 대신 갤럭시를 택했던 것이 다행이었습니다. 최대로 줌인된 세준의 모습은 흐릿해지지 않았습니다.

주변에서 구경을 하던 아줌마들은 세준의 노래가 끝나기도 전에 먼저 자리를 옮겼습니다. 삼 분 삼십 초의 시간 동안 온전히 무대 위 세준에게 집중하기에, 그들은 바빴습니다. 마트 안에서 달걀 삼십 구 구매 시 십 구 추가 증정 행사를 하고 있었으니까요. 솔직히 그때는 좀 우쭐해졌습니다. 내가 저 아줌마들보다 나은 삶을 살고 있는 것 같았거든요. 장 보러 나온 시간에야 오롯이 혼자가 될 수 있는 여자들, 답답한 남편과 건방진 자식들을 피해 한숨 돌릴 수 있는 공간이 겨우 마트뿐인 여자들보다 내가 나은 것 같았습니다.

나는 세준의 무대를 끝까지 보았습니다. 현란한 춤의 끝을 보고 입을 틀어막았습니다. 넓지도 않은 무대의 맨 안쪽에서 앞으로, 무릎을 꿇은 채 슬라이딩을 하는 안무. 두 손을 꼭 모은 채, 나지막이 읊조리던 말.

"나는 당신의 베스트 맨."

그래요. 그 순간, 세준과 나는 눈이 마주쳤습니다. 착각이 아니었습니다. 무대에 집중하고 있었던 것은 나밖에 없었으니까요. 그날, 세준과 나는 첫 눈 맞춤을 했습니다.

그동안은 사랑을 받아본 자만이 사랑을 할 수 있다고 생각했습니다. 유근호 점장님처럼 내게 고백받았던 남자들이 거절의 말을 한 것은 내게서 사랑받고 산 여자의 기운이 느껴지지 않아서라고 짐작했습니다.

세준은 달랐습니다. 세준은 무대 위 자신을 바라보는 여자들과 한 명 한 명 눈을 맞출 준비가 되어 있는 남자였습니다. 세준을 보고 있는 나는 예쁘지 않아도, 돈이 많지 않아도, 정육점 여사님이라도 상관없었습니다. 자신을 봐주기만 한다면, 세준은 그 반짝이는 두 눈을 나와 마주쳐줄 준비가 되어 있었으니까요. 나 역시 세준이 당장은 마트 행사의 조악한 무대에 선다고 해도, 무대 후 땀에 젖은 몸을 경차에 구겨 넣는다고 해도 괜찮았습니다.

세준에게 이름을 물어본 것은요……. 목소리를 한 번 더 듣고 싶어서였습니다. 노래를 하지 않는 그의 목소리는 어떨까, 궁금해서였습니다.

"지세준입니다."

마치 아직 변성기를 겪고 있는 듯한 허스키 보이스. 가까이

서 본 세준의 얼굴은, 주먹만 하다는 그 흔한 말밖에 떠오르지 않게 작았고, 피부는 반질반질 좋았으며, 이목구비는 오밀조밀 소년 같은데, 턱뼈는 살짝 각이 져 있어 귀하게 자란 분위기를 풍겼습니다. 그야말로 세준은 연예인을 하기 위해 태어난 남자였습니다.

세준이 떠난 뒤 나는 재빨리 포털사이트에 '지세준'을 검색했습니다.

지세준 아이돌

지세준 데일리보이즈

지세준 트로트

지세준 베스트 맨

안심했습니다. 세준이 뜨지 않은 아이돌이었다는 사실에. 세준도 나처럼 사랑을 갈구하고 있다는 것을, 그 노골적인 골반 튕김이 구애의 춤이라는 것을 깨달았습니다. 세준의 영상을 공유하고 싶어졌습니다. 세준을 알아본 선구자가 되고 싶었습니다. 사람들과 세준에 대한 얘기를 나누고 싶었습니다. 그 적소가 어디일까 고민하다가 대중 가수 팬덤에는 홈마라는 게 있고, 요즘 홈마는 트위터 계정에 최애의 자료를 올린다는 걸 알게 됐습니다. 닉네임은 어떻게 짓는지 몰라서 떠오르는 대로 쓰기로 했고요.

반향이 그 정도로 클 줄은 몰랐습니다. 사람들은 세준을 한국의 믹 재거라 부르기 시작했습니다. 그동안 세준을 몰라봤던 업계 관계자들은 앞다퉈 세준을 섭외하기 시작했습니다. 이미 발표한 지 이 년이 지난 세준의 자작곡 〈베스트 맨〉은 음원차트 50위 안에 진입했습니다. 세준은 데뷔 후 처음으로 성대한 팬싸를 치르게 되었습니다.

세준은 나를 알아봤습니다. 엠마트에서 저의 이름을 물어봤던 아줌마가 아닌, 홈마 연희정으로 알아봐주었습니다.

"누나가 나 트위터 믹 재거 만들어줬잖아, 고마워요."

마흔두 해를 살며 누군가에게 진심 어린 감사의 말을 들어본 적은 처음이었습니다. 누군가를 위한 공적을 세운 것도 처음이었습니다. 그동안 나는 마트 정직원 자리 하나 얻는 것도 어려웠던 사람이었는데요. 그런 내가 세준을 단숨에 톱스타로 만들어준 겁니다.

나는, 세준을 사랑하지 않을 수 없었습니다.

내가 얼마나, 어떻게 세준을 사랑하는지 보여주지 않을 수 없었습니다.

지세준

1

우리 양숙형 할머니는 중증 치매 진단을 받고도 이따금 총기를 발휘해 나를 놀라게 한다. 며칠 전, 면회를 다녀왔을 때도……

"니, 살 붙었지? 조심해라. 그러다 자리 뺏긴다."

내 몸무게는 정확히 1.56킬로그램 늘어 있었다. 한 줌 허리 지세준의 이미지를 유지하기에 손색은 없었으나, 나는 알고 있었다. 일명 눈 바디. 벗은 내 몸을 거울에 비추면 옆구리에 슬쩍 붙어 오른 살들이 보였다. 요거트와 닭 가슴살뿐인 식단이 지겨워 일반식 섭취를 늘린 결과였다. 서글퍼졌다. 아이돌

활동을 하던 이십대 때는 매끼를 라면과 김밥으로 때워도 얄팍하다 못해 빈곤해 보이는 몸매를 유지했는데, 서른 줄에 들어서자마자 몸이 변하기 시작했다. 한국의 믹 재거 지세준은 죽을 때까지 마른 몸을 유지해야 하는데. 먹어도 살이 찌지 않는 예민한 미남자 콘셉트를 지켜야 하는데.

"영광이, 최영광이. 갸가 여 할매들한테 인기가 많다. 갸가 너보다 한참 어리다매?"

당신 손자를 콕콕 찌르는 듯한 말투지만, 할머니의 진심을 모르진 않았다. 최영광은 경 대표가 내 다음 타자로 데뷔시킨 트로트 가수였다. 내 무기가 섹시라면, 최영광 쪽은 청량이었다. 강수지의 〈보랏빛 향기〉를 트로트 버전으로 리메이크해 인기를 끌게 되었는데 좀 재미있는 일이 벌어졌다. 지세준의 〈베스트 맨〉과 최영광의 〈보랏빛 향기〉, 두 곡의 음원차트 스트리밍 그래프 모양새는 늘 닮아 있었다. '이 곡을 플레이한 당신에게 추천하는 노래♡'. 그 알고리즘에서도 〈베스트 맨〉과 〈보랏빛 향기〉는 함께 묶였다. 그 패턴을 처음 눈치챘을 때는 우쭐하기도 했다. 내 팬들이 내 후배까지 챙기는구나! 경 엔터 전체 매출까지 생각해주는 거시적인 관점의 우리 팬들!

"세준이 니 알고 있나? 최영광이한테는 있고, 니한테는 없는 기 무언지."

나는 얼마 지나지 않아 알게 되었다. 내 팬들 중 일부가 최영광을 차애로 두고 있다는 것을. 최애는 지세준, 차애는 최영광. 지세준이 애인이라면, 최영광은 남자 친구라는 것을.

[망붕] 내 최애 지세준, 차애 최영광인데

세준이는 남편 몰래 만나 지지고 볶는 애인 같곸ㅋㅋㅋ

영광이는 요가 갈 때마다 내 옆에 매트 까는 기여운 연하남ㅋㅋㅋ

아님 분리수거할 때마다 만나는 옆집 대학생ㅋㅋㅋㅋㅋㅋ

세준이가 이혼 언제 할 거냐고 물어서 지겹다가도

영광이 마주치면 먼가 퓨어해지는 느낌ㅋㅋㅋㅋㅋㅋ아 웃곀ㅋㅋ

여자들은 스스로를 지루하게 내버려두지 않았다. 최애 지세준을 향한 애정에 정체가 오면, 잠시 차애에게 눈을 돌리는 거였다. 청량 풋사과 최영광을 예뻐하다 보면 어느새 섹시 다이너마이트 지세준이 그리워질 테니까. '청량은 가끔, 섹시는 데일리!'라는 본인의 슬로건을 재창하게 될 테니까.

"최영광이, 갸한테는 구티가 흐른다, 구티. 니한테는 없는 구티가."

할머니 말로는 구티, 고쳐 말하자면 귀티. 할머니, 원래 섹시 중의 최고는 더티 섹시야. 귀티 섹시 따위는 없는 건데, 자고로 섹시란 최대치로 노골적이고 자극적이어야 하는 건데.

"내 세준이 니를 구하게 키우긴 했는디, 태생이 구한 집 자식인 아하고는 비교가 안 되는갑다."

할머니 말이 다 맞는데, 내겐 없는 게 최영광에게는 있다는 게 맞는데, 내 부모는 둘 다 징역쟁이고 최영광의 부모는 교육자인 것도 맞는데. 할머니가 모르는 것이 하나 있었다. 덕후는 덕질을 하는 동안 '길티 플레저'를 느끼지 못하면 휴덕한다. 휴덕이 길어지면 탈덕이다. 유튜브 쇼츠에 등장하는 귀여운 동물들을 예뻐하는 것은 길티 플레저가 아니다. 〈보랏빛 향기〉를 부르며 살랑살랑 율동을 추는 최영광을 보는 것은 길티 플레저가 아니다. 언더 붑 상의를 입고 워터 밤 무대에 오른 지세준을 찾아보는 것은 길티 플레저다.

그것이 내가 최애가 될 수 있는 이유다.

음…… 내 무기가 섹시가 전부라는 오해는 하지 않았으면 좋겠다. 현란한 무브먼트에 살짝 가려지긴 했지만, 나는 싱어송라이터. 현재까지 내 최고의 역작은 〈베스트 맨〉이고, 다음 곡을 작업 중이다. 음악평론가들은 나를 저스틴 비버에 비유하기도 한다. 저스틴 비버가 본인의 메가 히트곡 〈베이비〉를 넘어설 곡을 만들어낼 수 있느냐를 고민했듯이 지세준도 〈베스트 맨〉 이후의 활동을 고민해야 할 것이라고.

2

할머니 면회를 끝내고 대야미 집으로 향했다. 가장 가까운 편의점이 2킬로미터 떨어진 곳에 있고, 반경 1킬로미터 내에 이웃집이 없는 대야미 집은 심야 작업을 하기 제격이었다. 집 안으로 들어가기 전에 핸드폰의 방해 금지 모드를 켜고 들어갔다.

갔는데.

"금요일마다 여기 오는 건 변함없네, 지세준."

린아가 문 앞에 서 있었다. 그 앞에는 담배꽁초 여러 개비와 캔맥주가 널려 있었다. 린아의 흰색 컨버스는 흙투성이었다. 린아야, 너 설마.

"택시비도 없고, 운전도 못 하고. 대야미 역에서 걸어왔어."

그러니까, 5킬로미터를 걸어왔다고? 기가 막혔지만 알콜릭 린아를 자극하고 싶지 않았다.

"택시 불러줄게. 타고 가. 시간이 많이 늦었어. 너 주말에도 일하잖아."

"알바, 때려쳤어."

"……근처에 호텔 잡아줄게."

"호텔에서 혼자 자는 거 무섭단 말이야."

"……."

"다시 만나자고 구걸하려고 온 거 아냐."

"……."

"야, 지세준. 말 좀 해."

"내가 너한테 뭐라고 하냐, 지금."

"씨발, 지세준!"

"욕은 하지 마."

"나 임신했다고!"

놀랐다. 불안하지는 않았다. 린아와 헤어진 지 반년이 지났고, 그동안 한 번도 만난 적이 없었다. 당연히 몸을 섞은 적도 없었다.

린아는 몸을 부들부들 떨었다.

"네 애라고 우기려고 온 거 아냐. 나도 그 정도로 바보는 아니라고. 오늘 병원 다녀왔는데, 어디 갈 데가 없었어. 여기밖에, 너밖에 생각나질 않았어."

마음이 약해지는 말이었다. 애초에 린아에게 끌렸던 이유가 나보다 불쌍한 인간이기 때문이었으니까. 린아와 나는 연습생 동기였다. 망돌이었지만 나는 데뷔를 했고, 린아는 화류계로 빠졌다가 도망쳐나왔다. 기댈 가족도, 친구도 없는 린아에게는 나뿐이었다. 린아에게 아무리 힘들어도 데뷔 실패에 이어 텐

프로와 같은 뻔한 경로를 택하진 말자고 말해주는 사람은 나뿐이었다. 나와 헤어지고 나서 린아가 홧김에라도 다시 텐프로로 돌아갈 거라 예상했지만, 린아는 그 선택만큼은 하지 않았다. 비록 지금은 알콜릭에 고깃집 알바, 데이팅 앱 중독의 삶을 살고 있지만.

나는 린아의 선택을 기특하게 생각하고 있었기에, 조금의 친절은 베풀어도 좋을 것 같았다. 일단 린아를 집 안으로 들이고, 술에 버린 속을 좀 달래준 후 택시를 부를 생각이었다.

린아는 내가 끓여준 퍽퍽한 짜장라면을 단숨에 비우고, 냉장고에 있던 반쯤 남은 소주까지 찾아 마셨다. 나에게도 권했지만 마시지 않았다.

"말해봐."

"말하면 도와줄 거야?"

"……도와줄 수 있는 거면. 일단 말해봐."

린아의 훌쩍임이 잦아들었다.

나와 헤어진 후, 린아는 직장인과 같은 삶을 살았다. 코로나 이후로 점심 영업을 시작한 고깃집에 오전 열 시까지 출근, 오후 여덟 시까지 일한 후 퇴근하는 삶을 주 5일 동안 꾸준히 했다. 린아에게 불금은 없었지만 불목이 있었다. 매주 목요일이면 데이팅 앱 여러 개를 한꺼번에 돌렸다. 제 취향의 남자들을 찾아, 약속을 연달아 잡았다. 프로필사진 상 최애는 심야에, 차애는 저녁에, 남 주기 아까운 3위는 티타임에. 마음에 드는 상대와는 다음 날까지 살을 맞대고 있기도 했다. 그렇게 만난 남자만 지금까지 서른 명이 넘었고, 그중 만남을 지속하는 남자는 네 명 정도. 정자의 주인은 넷 중 둘로 짐작했는데, 그 둘 모두 린아에게서 잠적한 상태였다. 게다가 그중 하나가 결혼을 앞뒀다는 것을 최근에 알게 되었다.

"그 새끼들한테 나올 건 없어. 그러니까 세준아, 네가 책임져 줘."

음……?

"천만 원만 주면, 다신 연락 안 할게. 나 애 지우고 워홀 갈 거야."

린아와 사귀는 동안 조금씩 줬던 용돈이 화근이었다. 린아는 내가 저를 위한 자선사업가라도 되는 것처럼 돈을 요구했다. 워킹홀리데이를 가겠다니, 린아를 알게 된 이후 가장 건설적인 계획을 듣는 순간이었지만. 그 계획을 마음으로 응원해 줄 순 있어도 현실적인 지원자가 되어줄 의무는 내게 없었다.

"워홀 가."

"정말? 나, 가?"

"응, 가."

"세준아…… 역시 너밖에 없다, 나는."

린아에게 창식이의 흥신소 명함을 내밀었다.

"그동안 알바 열심히 했으니 이백 정도는 있지? 내 얘기하면 그것만 받고 애 아빠 찾아줄 거야. 둘 다 찾아서 얘기해봐. 돈도 거기서 달라고 하고."

또 울겠지, 싶었는데 린아가 대뜸 내 뺨을 쳤다. 한 번도 아니고, 양쪽을 번갈아가며 여러 번.

"이 씨발새끼야, 너는 뱃속의 애가 불쌍하지도 않냐? 애를 낳아도 지워도 인생이 시궁창일 내가 불쌍하지도 않냐고!"

막무가내로 나를 쳐대는 린아의 양 손목을 붙잡았다. 그 상태에서도 린아는 계속 욕을 퍼부었다. 울었다. 개새끼야, 씨발놈아, 책임져, 씨발, 나 망했다고, 죽고 싶다고! 나는 그런 린아를 품에 안았다. 어르듯 머리를 쓰다듬었다. 속삭였다.

"다 업보야. 몸 함부로 굴린 네 업보. 남 탓하지 말고, 네 탓을 해."

나를 밀쳐대던 린아의 움직임이 멈췄다. 그대로 주저앉았다. 나는 지갑에서 신분증과 카드만 빼고, 지갑 채로 건넸다.

"현금은 이십 정도 들어 있어. 지갑은 리미티드라 리셀 가도 높을 거고. 가라, 이제. 나 작업해야 돼."

미리 불러둔 택시가 도착했다. 린아는 자리에서 일어났다.

아무 말도 없이 현관문 쪽으로 향했다. 물론 한 손에는 내 지갑을 꼭 쥔 채였다. 린아가 현관문을 열자 천장에 달린 CCTV가 린아 쪽으로 향했다. 린아가 나가고, 카메라의 시선은 다시 나에게로 향했다. 그 순간에도 혹시 누가 내 CCTV를 해킹하진 않을까, 사생 중에 솜씨 좋은 해커가 있지 않을까 그런 걱정을 했다.

3

세준아, 너 걔 계속 만나는 거 아니지?
아니라고 답 좀 해주면 안될까.
나는 니 말 다 믿잖아.

4

〈슈퍼 엉클〉은 종영까지 두 회가 남아 있다. 원래는 출연자가 제 친형제자매의 자식들을 사십팔 시간 동안 돌보는 콘셉트지만, 나는 형제자매가 없기에 외사촌 형의 두 돌 된 딸 서윤이와 함께 출연한다. 촬영 전에는 친조카도 아닌 애를 과연 내가 얼마나 예뻐할 수 있을까 싶었다. 사기꾼 딸의 자식을 깊은 마음으로 키워낸 할머니처럼은 할 수 없을 것 같았다. 카메라 앞에서 그런 척조차 할 수 없을 것 같았다. 경 대표는 〈슈퍼 엉클〉에 쏟아지는 협찬사의 광고를 따기 위해서라도 반드시 출연을 해야 하고, 이슈를 만들어야 한다며 나를 설득했다. 경 대표의 말이 맞긴 했다. 나는 현재 유아용 순면 물티슈, 유기농 야채주스, 낮잠용 뱀부 이불의 모델로 활동 중이다.

카메라 앞에서 제법 연기를 잘한 모양이라고?

그게, 나도 좀 놀라운 일이 벌어졌다. 촬영 첫날, 서윤이를 품에 안고 재우며, 눈을 감았다 떴다 반복하는 아이의 눈빛을 보며, 누군가를 떠올렸다. 할머니, 나의 양숙형 할머니. 그날 나는 브릿지 인터뷰 중에 눈물을 흘렸다.

"서윤이를 보고 있으면 할머니한테 미안해져요. 아무한테도 의지하지 않고 저를 혼자 키워내신 할머니한테. 다음 생에는 제 딸로 태어나달라고, 할머니한테 말하고 싶어요."

그 인터뷰 영상은 전국에 있는 엄마들의 마음을 미어지게 만들었다. 경 대표는 어떤 작가가 써준 대사인지 기가 막히다고 했고, 경 대표의 질문에 막내 작가가 수줍게 웃으며 제가 썼다고 답했지만. 아무튼 나는 진심이었다. 눈물도, 말도.

서윤이는 이제 내 품에 안겨 있어도 울지 않는다. 나를 삼촌 대신 상총이라고 부르며 방긋방긋 웃기도 한다. 바라시를 하는 와중에도 서윤이는 돌봄 이모님보다 나를 찾는다.

"상총, 차거, 차거."

기저귀가 축축해진 모양인지 서윤이가 보챈다. 솔직히 기저귀를 갈아주는 것이나 서윤이의 소변 냄새는 아직 적응하지 못했지만, 촬영은 끝났어도 내 유튜브 채널의 카메라가 켜져 있으니 기저귀를 갈아줘야겠지. 내친김에 배 방구도…….

"얘기 좀 해."

매니저 누나가 심각한 얼굴을 하고 있다. 왜 또 저래. 곤란한 얘기를 할 때마다 나오는 저 표정. 막상 들어보면 별거 아닌 얘기일 텐데. 사진 하나 없는 스캔들 기사 뭐 그런 것들. 아니, 이렇게 매니저 누나하고 단둘이 방에 들어와서 문을 걸어 잠그면 그건 그것대로 루머가 만들어지는 건데. 지난번에도 모 방송에서 운동 잘하는 여자가 멋있다고 한마디 했다가, 유도 선출인 매니저 누나와 붙어 다니는 게 수상하다고 웬 사이버 렉카가 헛소문을 퍼트렸는데.

"린아 애 아빠, 정말 너야?"

이건 또 뭔 소리냐고. 나는 그냥 슈퍼 엉클일 뿐인데.

5

"천만 원만 주면, 다신 연락 안 할게. 나 애 지우고 워홀 갈 거야."

"워홀 가."

"정말? 나, 가?"

"응, 가."

"세준아…… 역시 너밖에 없다, 나는."

(뺨 때리는 소리)

(울먹이는 소리)

"이 씨발새끼야, 너는 뱃속의 애가 불쌍하지도 않냐? 애를 낳아도 지워도 인생이 시궁창일 내가 불쌍하지도 않냐고!"

"다 업보야. 몸 함부로 굴린 네 업보. 남 탓하지 말고, 네 탓을 해."

(울먹이는 소리)

"현금은 이십 정도 들어 있어. 지갑은 리미티드라 리셀 가도 높을 거고. 가라, 이제. 나 작업해야 돼."

6

쫄 거 없다, 지세준. 망돌 시절부터 지금까지 수천 번도 더 되뇌던 말이 아니던가. 믹 재거가 믹 재거일 수 있는 이유가 거칠 것 없어 보이던 눈빛 때문이 아닌가. 그를 따라다니던 여러 소문들, 설령 추문이더라도 그딴 게 중요한 게 아니라고, 그냥 나를 보라고, 당신을 위해 흔드는 내 엉덩이에 집중하라는 그 태도가 멋졌던 게 아닌가.

강경하게 나가기로 한다.

경 엔터는 두 파로 갈라졌다. 언론에 공개된 린아의 조작 녹음 파일에는 무대응이 답이라고 생각하며 지세준을 지지하는 쪽과, 하⋯⋯. 다른 한쪽은 경 대표를 필두로 한 지세준을 '믿지 못하는' 사람들이다.

지세준을 믿지 못하는 사람들은, 법정 스릴러에서 자신의 변호사마저 속이고 무죄판결을 받으려고 하는 살인자 피고인을 보듯 나를 바라본다.

"세준 씨, 도와주려면 우리가 알아야 하잖아요?"

"편집된 녹음 파일이더라도, 저 말을 한 건 세준 씨가 맞잖습니까?"

"세준아, 나도 남잔데 너 이해한다. 린아 걔가 오늘은 괜찮은 날이라고 했지?"

"같이 산부인과 진료 본 적 없어요? 그 정도 노력은 했어야 했는데."

"그렇다고 임신한 여자를 때리면 어쩌냐, 너도 참."

아니, 아니, 아니라고. 당신들이 알아야 할 그날의 진실은 내가 수백 번 더 얘기했잖아. 녹음 파일 속의 말들, 내가 한 건 맞지, 맞는데. 린아하고는 반년 전에 끝났다니까? 산부인과? 이건 말할 필요도 없고. 폭력은 쓰지도 않았어. 오히려 내가 린아한테 뺨을 한 서른 대쯤 맞은 것 같다고.

"진짜 세준이 애건 아니건, 어떻게 대응할 건데요? 그것부터 의논합시다, 좀. 대체 이 회사에서 세준이가 뭔데요? 언제는 지세준이 경 엔터의 왕자님이라면서, 말뿐이지, 다들."

매니저 누나는 중도파다. 사내 유일한 중도파. 나를 무턱대고 의심하지도, 믿지도 않는 쪽. 뭐, 저 말은 나를 믿는 쪽에 좀 더 힘을 실어주긴 하지만.

사실 내가 무대응을 고수한 까닭은 지세준을 믿지 못하는 파들의 기세를 누르고 싶었기 때문이다. 위기관리 팀에서 쓰는 입장문 한 줄, 한 줄에도 사측이 지세준을 믿는지 아닌지가 드러나니까. 그것을 팬들은 귀신같이 알아채니까.

매니저 누나의 말에 가장 먼저 수긍을 한 것은 위기관리 팀 팀장. 따지자면 내 입사 동기. 그동안 별다른 사건 사고가 없어 꿀 보직 생활을 했던 덕인지 입사 때보다 후덕해진 얼굴이다.

"박린아한테 돈 주고 전체 녹음 파일 넘겨받죠. 세준 씨 말에 따르면, 박린아가 제 입으로 데이팅 앱에서 만난 남자들 중에 애 아빠가 있다고 말한 거 아닙니까. 전체 녹음 파일에는 그 내용이 들어 있다는 건데."

매니저 누나가 자신이 린아에게 연락해보겠다고 하는데, 구석에 있던 위기관리 팀 막내가 슬며시 손을 든다. 막내는 지세준을 지지하는 쪽이다.

"저기요, 제가 해봤어요. 박린아한테 연락해봤어요, 했는데."

팀장이 발끈한다.

"야, 네가 뭔데 시키지도 않은 짓을 해? 너 설마 돈 얘기도 꺼냈어?"

"아니요……. 겠냐고요."

"뭐?"

"……그랬겠냐고요."

"하, 씨. 너는 말투가 왜 그따위냐."

"……계속 말해요?"

"하, 씨. 그럼 안 하려고?"

"전체 녹음 파일 있다는 거 알고 있다고 했어요."

"하, 씨. 멋대로 협박했냐?"

"협박 아니고요. 좋게 물어봤다구요."

"퍽이나."

"박린아 연습생 시절에 인기 많았어요. 인기 쇼핑몰 모델하다가 캐스팅된 거라. 저도 한때 팬이었고요. 그 얘기해줬어요. 아직도 나는 언니를 응원한다고."

"별 쓸데없는……!"

"협상할 때 상대방하고 라포 형성부터 하라면서요. 팀장님이 가르쳐주신 건데."

"하…… 그래서, 그다음, 뭐, 어쨌는데?"

막내가 나를 본다. 왜 울상인데, 너…….

"세준 오빠, 오빠 어떡해요. 저는 정말 오빠 믿거든요? 오빠가 무슨 사람을 때리고 낙태를 종용해요? 그런 짓을 어떻게 한다고. 근데요, 오빠."

막내는 린아와 나눈 문자메시지를 공개한다.

> 풀녹음 파일 없어여ㅠㅠ 술 먹구 폰 잃어버림ㅠㅠ
>
> 내 폰 찾기하니까 러시아에 가 있던데ㅠㅠ
>
> 나두 일을 더 키우긴 싫어서 적당히 합의하려했는데ㅠㅠ

| 아이클라우드는요? 백업됐을 텐데. |

동기화 안됐져ㅠㅠ

아이클라우드 요금제 아까워서 안 썼다구요…….

"씨발…….."

나는 아주 오랜만에 욕을 한다.

연희정

    나는 보통의 얼굴로 살고 있었습니다. 누군가 내 얼굴을 보고 저 여자 못생기지 않았냐고 하면 살짝 의문이 들 정도, 그럼 저 얼굴이 예쁘냐고 물으면 고개를 갸우뚱할 정도의 얼굴이었습니다. 외모에 불만을 갖진 않았습니다. 세상에는 숨이 턱 막힐 정도로 못생긴 사람과, 보기만 해도 행복해지는 예쁜 사람이 공존하고 있으니까요. 나처럼 평범하게 생긴 사람이 제일 많으니까요. 그래도 한 번쯤은 예뻐졌다는 말을 듣고 싶긴 했습니다. 예쁘다가 아니라, 예뻐졌다는 말을요. 예뻐졌다는 말은 로맨스 드라마에서처럼 세기의 사랑을 하는 것이 아니더라도, 나에게 뭔가 긍정적인 변화가 생겼을 때 들을 수 있는 말이라 생각했습니다. 네, 맞습니다. 나는 예뻐졌다는 말을 듣는 것보다 먼저 나한테 어떤 변화가 있기를 바라고 있었습니다. 나를 웃게 만들, 행복하게 해줄 변화 말입니다.

"요새 연애…… 하시죠? 눈에 띄게 예뻐지셨어요."

유근호 점장님에게 그런 말을 듣고 나서야 깨달았습니다. 웃음이 많아진 나를, 얼굴빛이 한결 밝아진 나를.

"핸드폰 보시면서 자꾸 웃으시길래. 게다가 연차도 꼬박꼬박 쓰시고. 아, 뭐라고 하는 게 아니구요, 보기 좋다구요."

엠마트 직캠으로 세준이 전성기를 맞이한 후, 나는 바빠졌습니다. 유명 홈마는 최애의 공식 일정을 따라다녀야 했고, 사진과 영상 자료 들을 보정하여 업로드해야 했습니다. 그 후에는 팬들의 반응도 살펴봐야 했고요. 무엇보다 중요한 건 나의 홈마 활동이, 내가 올린 자료들이 세준에게 도움이 되어야 한다는 것이었습니다. 세준을 향한 '선의'. 나는 그것을 기준으로 삼았습니다. 홈마로서의 활동은 선의로부터 비롯되어야 했습니다.

예를 들자면요.

세준이 전 여자 친구와 헤어지는 수순을 밟고 있던 어느 날이었습니다. 이유는 모르겠지만 세준은 그 여자와 쉽게 헤어지지 못했습니다. 그날도 그 여자가 세준의 오피스텔을 찾아왔고, 얼마 지나지 않아 세준은 편의점에서 탐폰을 사들고 나왔습니다. 여기서 짚고 넘어갈 것이 있지요. 네, 나는 세준의 생물학적 욕망을 이해했습니다. 그 욕망을 해결하는 가장 간단한 방법은, 마음은 떠났는데 몸정은 남아 있는 (전) 여자 친구였겠지요. 나는 여타 미저리 같은 팬들처럼 세준이 가진 남자로서의 욕망까지 질투하지 않았습니다. 이제 아시겠지요. 여기서부터 나는 선의를 갖고 있었다는 것을요. 세준이 사들고 나온 탐폰의 주인이 가난하고 다급한 여중생이 된 것 역시 나의 선의였다는 것을요. 나는 구역질 날 정도로 세준에게 집착하는 미저리들로부터 세준을 지키고 싶었던 것입니다. 나는 트위터 계정에 세준이 편의점에서 탐폰을 들고나오는 사진을 올리며, 여중생은 일반인이라 사진은 따로 첨부하지 않는다고 덧붙였습니다. 세준을 옭아매던 미저리들도 입을 다물었습니다. 그들이 보고 싶어 하는 지세준의 모습을 거짓으로 만들어낸 것 아니냐고요? 그렇게 하지 않으면, 어떻게 세준을 지킬까요. 미저리들이 세준을 물고 뜯게 내버려뒀어야 했을까요. 작은 항의가 있기는 했습니다. 그날 나와 같은 현장에 있던 사생 하나가 나에게 따져 물었거든요.

연희정 님 왜 구라쳐욬ㅋㅋㅋㅋㅋ
세준이 그날 박린아랑 떡친 거 맞자낰ㅋㅋㅋ

ㅆㅂ 나도 사진 깐닼ㅋㅋㅋㅋㅋ존나 웃기네 진짜.

자기가 지세준 엄마야, 변호사야.

그 사생은 세준의 오피스텔 건물로 들어가는 전 여자 친구 박린아의 사진을 올렸습니다만, 세준이 가난한 여중생에게 탐폰을 사준 것은 변함없는 사실이었습니다. 엠마트 직캠을 찍은 홈마 연희정은, 나는, 말을 절대 번복하지 않았으니까요.

탐폰 사건 이후로 세준은 수익금 일부가 저소득층을 위한 생리대 구입 비용으로 지원되는 순면 생리대 브랜드의 광고모델이 되었습니다. 나의 세준을 향한 선의가, 세준이 다른 누군가에게 선의를 베푸는 사람이 되도록 만든 것입니다.

나는 말이죠. 선의에 위배되는 홈마 활동은 하지 않습니다. 대신 거짓말을 하지 않느냐고요? 거짓말은 말이죠, 때로는 사람의 마음을 편하게 해줍니다. 내 선의의 거짓말은 팬들의 마음을,

"그때요, 노래방에서요. 3차 가자고 했던 거, 연애 상담 때문에 그런 거였어요……. 제 남자 친구가 연하거든요. 점장님 또래예요. 그래서, 그 또래 남자들 마음이 알고 싶어서 점장님하고 얘기하려던 거였어요."

또, 유근호 점장님의 마음을 편하게 해줬습니다.

"하하. 난 또……. 저기, 오해해서 죄송합니다. 연애 상담이라면 언제든 오케이구요."

거짓말이 하나 더 있지 않느냐고요?

그냥, 좀 넘어갑시다. 내가 사랑을 하고 있는 것은 맞잖아요.

지세준

1

"쌍년아, 수 쓰지 말고 똑바로 말해."

억박지른다고 겁먹을 린아가 아니다. 린아는 경 대표를 노려보며 소리친다.

"똑바로 말하고 있잖아요. 버스에 핸드폰을 두고 내렸고, 그게 지금 바다 건너 러시아에 가 있다고. 전체 녹음 파일은 그 안에 있다구! 사본도 없구, 아이클라우드는 용량 꽉 차서 동기화도 안 됐다구!"

경 대표가 린아의 뺨을 때리기 위해 손을 든 순간, 내가 붙잡는다. 회사 대표라는 사람이, 왜 소속 가수한테 불리한 행동만

하는 건지 이해가 되지 않지만. 누구라도 한 대 치고, 뭐라도 던지고 싶은 건 나도 마찬가지이긴 하다.

현재 상황이 얼마나 엉망이냐면.

〈슈퍼 엉클〉 관련 광고, 생리대 광고에서 나는 블라인드 처리되었다. 트로트 경연 프로그램 심사 위원에서는 하차했다. 음원 성적은 200위 밖으로 벗어났고, 팬 미팅 보이콧을 외치는 팬들이 늘고 있다.

내 마음을 가장 아프게 하는 건…….

이대로라면 우리 양숙형 할머니를, 고급 요양병원에 모신 할머니를 환자들이 서로의 냄새를 미워하며 다닥다닥 붙어 있어야 하는 일반 요양병원으로 옮겨야 한다는 사실이다.

이대로 곤두박질칠 일만 남은 거라면, 전성기는 물론이고 지세준 자체가 끝날 수도 있다. 린아의 악의적인 조작 파일에 무대응하겠다는 입장에는 변함이 없다. 지금 나에게 필요한 건 전체 녹음 파일이니까. 린아의 잃어버린, 발 빠르게 러시아로 건너간 핸드폰 안에 있는 그것이니까. 엠마트 직캠보다 더 빨리 유튜브 인급동에 오른 〈지세준 낙태 스캔들 녹음 파일.mov〉만 갖고 어떤 해명을 한들 상황이 나아질 수는 없다. 차라리 뻔뻔하게 모른 척하는 편이 낫다. 할머니의 존엄이 걸린 이 상황에서 내가 할 수 있는 게 아무것도 하지 않는 것이라니, 기가 막히다.

"나도 첨부터 기자들한테 던져줄 생각은 아니었다구요. 세준이한테 녹음 파일 보내고 돈 좀 받아서 워홀 갈 계획이었는데. 그날 술 먹고 제정신이 아니었는지……."

경 대표가 결국 린아의 멱살을 잡는다. 이번엔 나도 말리지 못한다. 아니, 안 한다.

"돈 뜯어내려고 계획했다는 소리를 가련하게 하고 지랄이야. 씨발, 야, 이거 계획범죄야. 어? 너 공갈 협박범이라고, 미친 년아."

"씨발, 세준이 애가 내 존심 완전 긁어놨다고! 아웃렛에서 산 명품 지갑 던져주면서 먹고 떨어지라고 했다고!"

"그 정도만 먹여줘도 감사한 줄 알아야지, 그지 년아."

"세준이 애면? 이 새끼 애면 어쩔 건데!"

"미친년이, 방금 전에 네가 아니라고 한 것까지 다 녹음해뒀거든?"

"상대방 동의 없이 하는 녹음은 불법."

그때 구석에 앉아 이 모든 상황을 남의 일처럼 관망하고 있던 위기관리 팀 팀장이 벌떡 일어난다. 그의 눈빛은 입사 이래 가장 반짝인다.

"녹음 파일 새로 뜨죠. 그리고 팬 미팅에서 공개하는 겁니다.

아니, 팬 미팅에서만."

모두의 눈이 반짝인다. 나도, 린아의 먹살을 쥐고 있던 경 대
표도, 앙칼진 고양이처럼 으르렁대고 있던 린아도, 마침 막 문
을 열고 커피 트레이를 들고 들어오던 매니저 누나까지. 매니
저 누나는 내게 바닐라라테를 내밀며 팀장 의견에 동조한다.

"여기 있는 다섯만 입 다물면 괜찮겠네. 비밀 유지 계약서는
써야겠지만. 어차피 진본이 있어도 매체에 퍼지는 건 사본이
잖아요."

매니저 누나의 중학생 아들은 골프 유망주다. 지세준이 미
끄러지면, 누나를 닮아 다부진 어깨를 가진 그 중딩의 꿈도 미
끄러지는 것이다. 매니저 누나 역시 필사적인 거다. 여기서 가
장 필사적이어야 하는 인간은 누구인가. 나다. 할머니의 존엄
과 안녕을 지켜주고 싶으면 뭐든 해야 하니까.

그것이 팬들을, 그 여자들을 기만하는 무엇이라도.

"누구 하나 변심하는 순간 다 같이 죽는 거야. 여기 있는 인
간들 중에 지세준 망해서 득 볼 인간 아무도 없어. 다들 명심
해."

경 대표는 곧바로 변호사에게 전화를 건다. 비밀 유지 계약
서를 언급한다.

사실 나는 자신이 없다. 할 건데, 거짓말 따위 눈 딱 감고 할 건데…… 까놓고 말해보자면.

팬들을 바라볼 때 동태눈이 된 적은 있다. 팬들의 질문에 "아, 진짜요? 정말요?"를 반복한 적도 있다. 여자와 노느라 며칠 동안 버블(연예인과 팬이 소통하는 유료 채팅 앱)에 접속하지 않은 적도 있다. 팬들에게 받은 선물을 뜯어보지도 않고 다른 사람한테 준 적도 있다. 팬레터 뭉치를 버린 적도 있다.

근데, 나.

한 번도 진심이 아닌 적은 없다. 나를 바라보는, 그 수많은 눈빛들을 보며 진심을 말하지 않은 적은 없다.

나는 내 부모와 다르다고, 거짓으로 남을 홀려 먹고 사는 삶은 살지 않겠다고 결심했는데. 내 안에 고여 있는 더러운 피가 나를 더럽힐까 봐, 온몸에 퍼질까 봐 얼마나 두려워했는데.

"네 애비도 춤 잘 추고 노래도 잘했어. 늙은 할매도, 삼식이 남편 둔 아줌마들도 전부 다 네 애비를 좋아했지. 결국 너도 그렇게 될 거야. 여자들한테 거짓말을 하고, 여자들을 기만하고. 그 더러운 피가 어디 가겠니."

엄마의 말을 보란 듯이 반박하며 살아왔는데.

"지세준. 그 이름도 네 애비가 지었어. 철학관에 가서 만인의 연인으로 살 수 있는 이름을 지어달라고 하더라. 만인에게 사랑받는다는 게 어떤 뜻인지 아니? 사기꾼이 된다는 거야. 얘, 건실한 인간은 일대일의 사랑을 한단다. 네 애비만 봐도 알지 않니?"

지금은 엄마의 말이 나를 괴롭힌다.

……뭐 어쩌라고.

나는 그 여자들 없이 살 수 없다. 그 여자들 없이 가수 지세준은 존재할 수 없다. 딱 한 번만, 한 번만 속여도 되잖아. 그래도 되잖아. 믿어주는 여자들이 있다면, 속여도 되는 거잖아. 속이고 싶어서 속이는 게 아니고, 믿어주길 원하니까 하는 거짓말이잖아. 거짓말은 하지만 내 진심은 변함없잖아.

엄마, 나는 달라요. 나는 그냥 지세준이에요.

엄마는 높은 곳에서 몸을 내던졌잖아요. 남자한테 받지 못했던 사랑을 갈구하다가 죽어버렸잖아요. 나는 끝까지 버틸 거예요. 그 여자들의 사랑을 지켜낼 거예요.

2

세준아, 나는 너를 믿어. 내가 달리 누굴 믿겠니.

난 너밖에 없는데.

연희정

    팬 미팅 좌석에서는 긴장감이 돌았습니다. 다들 말로는 세준을 믿는다 해도 속으로는 의심의 불씨를 꺼트릴 수 없었을 겁니다. 세준에게 완벽한 신뢰를 가진 사람은 없었을 겁니다. 나, 연희정만 빼고요.

    세준이 전 여자 친구와 얘기가 잘되어 전체 녹음 파일을 공개할 수 있어 다행이었습니다. 팬 미팅에서 먼저 공개하기로 한 것도 좋은 생각이었고요. 안티라는 게 괜히 생기는 것이 아니니까요. '빠'가 '까'로 변하면, 무적 만능 안티가 되는 것입니다. 최애가 돌이킬 수 없는 잘못을 저지르는 순간, 팬들은 최애를 위해 아낌없이 썼던 시간과 돈을 보상받고 싶어 합니다. 그러나 실제로 보상받을 수 있는 방법은 없으니, 까가 되어 물어

뜯기라도 해야겠다고 마음을 먹습니다. 팬과 안티는 한끝 차이, 사랑과 증오도 한끝 차이입니다. 까가 된 빠들은 그동안 온 힘을 다해 최애를 사랑했듯 온 힘을 다해 (구) 최애를 미워합니다. 강성 팬덤일수록 빠에서 까로의 전환이 많은 법이지요. 세준이 팬 미팅에서 직접 해명하게 되어 까 양성을 막을 수 있게 되었다고, 나는 한시름 놓았습니다만.

압니다. 세준이 왜 그런 선택을 할 수밖에 없었는지. 세준은 세준 혼자만을 건사하는 사람이 아니니까, 세준을 종용한 사람들이 있었겠지요. 그들의 선택을 세준이 옳지 않다고 생각한들, 세준의 의견을 존중해줄 사람이 몇이나 됐을까요.

팬 미팅에서 공개된 전체 녹음 파일 속 세준은 극악무도한 남자 친구이거나 애 아빠가 아니었고, 실리적으로 충고해주는 남사친이었습니다. 그래요. '그날' 내가 본 세준의 모습도 정도를 지키는 남자, 전 여자 친구를 위해 귀갓길 택시비를 챙겨주는 남자였습니다.

그래도요.

그래도 말입니다.

그날 내가 본 세준과, 전체 녹음 파일 속 세준은 다르다는 것을 짚고 넘어가야겠습니다. 그날 세준은 전 여자 친구에게 따뜻한 응원의 말 같은 거 하지 않았다고요. 그날 세준은요, 자기에게 무턱대고 돈을 요구하는 전 여자 친구를 다정하게 대하지 않았다고요. 적당히 예의는 지켰지만, 그래서 더 서늘했다고요. 냉정했다고요. 그 눈빛은 로맨스 판타지 소설에서 서브 여자 주인공을 대하는 광공의 것처럼 차가웠다고요.

세준은 왜 거짓말을 해야 했을까요.

진본 파일을 공개하지 못할 사정이란 게 무엇이었을까요.

나는 팬 미팅에서 조작된 전체 녹음 파일이 공개될 때 세준이 안절부절 못 하고 있다는 것을 느꼈습니다. 세준은요, 본인 입으로 팬들한테 여러 번 말한 적이 있습니다. 자신은 거짓말을 못 한다고요. 팬들이 저를 쳐다보고 있으면 도저히 거짓말이 나오지 않는다고요.

다른 팬들이야 세준의 해명을 의심하지 않았겠지요. 세준의 해명을 듣기 전까지 의심의 불씨를 키워내던 여자들은, 공개된 녹음 파일을 듣자마자 안심했겠지요. 박린아가 전 여자 친구였음을 인정하면서도, 이제는 완전히 끝난 사이라고 말하는 세준을 용서해주기로 결심했겠지요. 그들에게 중요한 것은 두 가지였으니까요. 하나, 지세준은 하남자인가? 둘, 지세준과 박린아의 사이는 현재진행형인가? 공개된 녹음 파일 속 세준은 둘 다 아님을 증명해냈고요.

나는 대부분의 팬들, 그들과 달랐습니다. 처음부터 세준을 믿었고, 믿을 수밖에 없었고, 조작된 녹음 파일을 듣고도 세준을 믿었습니다. 세준이 느낄 죄책감과 불안이 걱정되었습니다. 세준은 선의로라도 거짓말을 하고서 마음이 편할 사람이 못 되었습니다. 나와는 다르게 말입니다.

대포 카메라로 줌을 당겨 찍은 세준의 이마는, 관자놀이는, 귓불은, 목울대는, 모두 축축했습니다. 세준은 마치 온몸으로 미안하다고 말하는 듯했습니다. 원치 않는 거짓말을 했기 때문이겠지요. 속상했습니다. 세준의 깨끗한 마음이 얼마나 불편했을까요. 자신의 거짓말이 영영 비밀이 될 수 있을까 얼마나 불안했을까요. 세준은 앞으로 자신의 주변 사람들, 거짓을 모의하고 세준에게 거짓말을 하라고 시킨 사람들을 믿을 수 있을까요?

나는 세준을 돕고 싶었습니다. 박린아는 주지 않았던 진실의 증거가 홈마 연희정에게도 있다는 것을 알고 나면 세준의 마음이 편해지리라 생각했습니다. 무슨 일이 생겨도 괜찮다고, 홈마 연희정이 지세준의 뒤에 든든하게 서 있겠다고 말해주고 싶었습니다.

이것 역시 선의였습니다. 늘 그랬듯이 말입니다.

지세준

끝이 보이지 않는 절벽 아래로 떨어지다가 나뭇가지에 가까스로 걸린 기분이다. 나뭇가지에 걸려 있다가 마침 지나가던 헬기에 포착되어 구조를 받은 기분이다.

광고 위약금을 물어줄 필요는 없었으며, 경연 프로그램의 심사 위원 자리도 지켰고, 〈슈퍼 엉클〉 시즌2 출연 계약도 마쳤다. 나, 린아, 경 대표, 매니저 누나, 위기관리 팀 팀장은 비밀 유지 계약서를 썼다(린아는 위로금 천만 원을 챙겼다. 경 대표의 폭행에 대한……). 요약하자면, 해명 녹음 파일은 가수 지세준의 활동과 관련된 대외비이므로 이를 제3자에게 발설하거나 언론에 알려 향후 지세준의 활동에 영향을 줄 경우 책임을 묻겠다는 것. 변호사 공증까지 받았으니, 비밀을 아는 사람이 모두 여섯 명이 된 것을 따져 묻지는 않았지만. 이것이 과연 대외비가 맞는지, 비밀이 맞는 것인지 헷갈렸지만. 비밀이 생기는 편이 끝도 없는 추락보다야 낫겠지.

"할머니, 거짓말에는 상대를 기만하려는 의도만 있는 게 아니잖아. 상대가 나를 믿어주길 바라서 하는 거짓말도 있는 거잖아. 선의의 거짓말 같은 거."

오늘 저녁 통화는 할머니에게 자장가를 불러주는 대신 넋두리를 한다. 다른 사람들 말고, 지세준이 망하면 곤란해지는 회사 사람들 말고, 누군가 나를 다독여주기를 바라면서.

"시상에 좋은 그짓말이 어딨나. 들키는 그짓말과 들키지 않는 그짓말만 있는 기다."

……할머니는 정말 치매가 맞는 걸까. 촌철살인 팩폭을 하는 걸 듣고 있으면 멀쩡한 노인을 입원시킨 건가 싶기도 하다.

"들키지만 말어라. 그짓말 한 기 들켜서 좋은 꼴 보겠나."

웃음이 난다. 할머니는 예전부터 그랬다. 중학교 때 애미 애비 없다고 깔보는 반장 놈과 싸웠을 때도, 못 배운 할매라 촌지 주는 법도 모른다고 할머니를 욕하던 담임의 멱살을 잡았을 때도 할머니가 궁금해했던 건 단 하나였다. 내가 이겼는지, 졌는지.

"한번 시작한 그짓말, 기왕이면 들키지 말어라. 이만 전화 끊어라. 내 잔다."

할머니의 말이 맞다. 시작한 싸움은 이겨야 하고, 시작된 거짓말은 지켜야 한다. 내 부모가 감옥에 간 이유가 그것이 아니던가. 거짓말을 하고 지키지 못했기에, 들켰기에 거짓말에 대한 죗값을 치르게 된 것이 아니던가.

나를 위한 변명을 해보자.

팬 미팅에서 공개한 해명 녹음 파일에서든, 러시아에 있는 린아의 핸드폰 속 원본에서든 지세준은 낙태를 종용한 쓰레기가 아니다. 침착하고, 이성적인, 그러면서도 인간적인 남자다. 어느 쪽이든 방향성은 같다는 뜻이다. 만약 양쪽의 내가 전혀 다른 사람이었다면, 나는 이 거짓말을 하지 않았을 것이다. 세상에는 진실에 가까운 거짓도 있는 법이니까.

언제든
나는 네 뒤에 서 있어, 세준아.

이거 봐, 내 홈마도 나를 믿는다. 팬덤 안에서 기둥처럼 자리하고 있는 네임드 홈마들이 흔들리기 시작하는 순간, 팬들은 선동되고 그러면 그 팬덤은 와해되는 건데. 나는 진실과 다름

없는 거짓으로 홈마들의 마음을 붙잡았……

어느 쪽이든 방향성은 같잖니.

진실에 가깝잖니.

그러니까 불안해하지 마.

나는 언제든 네 곁에 있으니까.

네? 뭐라구요?

잠시만요, 연희정 님. 이거 당신이 칠 대사가 아닌데.

아니, 어떻게 아셨는데요. 어디까지 아시는데요?

연희정이 보낸 십 초짜리 영상에는 나와 린아가 찍혀 있다. 대야미 집을 들어오는 두 사람, 소파에 앉자마자 임신 얘기를 꺼내는 린아.

그날, 연희정은 나를 보고 있었다. 집 안에 있었다.

연희정

그날 세준을 기다린 것은 맞습니다. 대야미 집 근처에 차를 세워두었지요. 세준을 불편하게 만들 의도는 없었습니다. 최근 세준은 지방 행사 일정이 늘어났고, 나도 사정이 있어 만나기가 쉽지 않았거든요. 잠깐 얼굴만 보고 돌아갈 생각이었습니다. 세준이 금요일 밤마다 대야미 집에 온다는 것은 이미 알고 있었으니까요.

나는 결백합니다. 세준을 보러 갈 때마다 얌전히 차 안에만 있었습니다. 스토커처럼 세준의 집을 배회하지 않았습니다. 집을 나오고 들어가는 세준의 모습을 카메라에 담은 적은 있지만 그것을 외부에 공개한 적은 없습니다. 나름의 선을 지키며 홈마 활동을 하고 있는 겁니다.

생각해봅시다. 아침에 집을 나서는데, 허둥지둥 문밖으로 나오는 옆집 사람과 마주쳤다고 해보자고요. 옆집 사람은 인사할 틈도 없이 재빠르게 사라졌고, 미처 닫히지 못한 옆집의 현관문을 발견했다면요? 여기서 선택은 간단하지 않습니까. 문을 슬쩍 밀어 닫아주는 겁니다. 길가에 떨어진 지갑은 주울까 말까 고민되어도, 열려 있는 옆집의 현관문은 닫아주면 그만인 겁니다.

세준의 집, 차고 문이 열려 있던 것을 알게 된 건 길고양이 때문이었습니다. 고동색 고양이가 몸을 낮춰, 문틈으로 들어가는 것을 발견했습니다. 한 뼘 반 정도 되는 틈이었을까요. 대체 차고 안에서 무엇을 하는지 고양이는 한참을 나오지 않았습니다. 게다가 대야미의 늦여름은 산모기가 기승을 부리는 때입니다. 산모기가 밤새 세준을 괴롭힐 것을 생각하니, 신경이 쓰이지 않을 수 없었습니다.

열린 차고 문의 틈으로 머리부터 넣어보았습니다. 고양이의 통통한 몸이 빠져나갔으면, 살 없는 나도 들어갈 수 있겠다 싶었지요. 팔꿈치가 좀 쓸리긴 했지만, 나는 무사히 차고 안으로 들어갔습니다. 고양이는 분리수거 비닐을 뜯어 그 안의 기름 묻은 참치 캔을 핥고 있었습니다. 나를 보자 화들짝 놀라며 다시 차고 밖으로 나갔고요. 기왕에 들어온 것, 산모기까지 내쫓고 싶어졌습니다. 일단 차고 문을 닫고, 모기퇴치제를 뿌렸습니다. 두어 마리는 손으로 직접 잡기도 했습니다. 그날 밤 세준이 밤잠을 설치지 않을 것이라는 생각에 뿌듯했습니다.

문제는 그 후에 발생했습니다. 차고 문으로 나가면 다시 닫을 수 없으니, 집 안으로 들어갔습니다. 현관문까지 걷는 동안 세준의 체취를 느끼고 세준의 물건들을 마주쳤으나, 애써 무시했습니다. 세준의 집 안에 들어간 까닭은 문단속 이외의 다른 목적은 없었다는 것을 나 자신에게도 공고히 해두고 싶었으니까요. 거실과 현관 사이 중문을 여는 순간, 창밖의 박린아를 발견했습니다. 박린아는 담배를 태우며 집 쪽으로 다가오고 있었습니다. 그대로 나갔다면, 박린아와 마주쳤겠지요. 다시 차고 문을 통해 나가볼까 생각도 했습니다만, 차고 문이 열리고 닫히는 소리가 밖에 서 있는 박린아에게 들릴 것 같았습니다.

방법은 하나였습니다. 박린아와 세준이 모두 집에 들어오면, 그때 차고 문을 통해 나가는 것이었지요. 나는 거실과 부엌 사이에 있는 작은 다용도실에 몸을 숨겼습니다. 청소 도구가 모여 있는 곳이었지요. 세준이 다용도실의 문을 한 번쯤은 열어 볼 수도 있었지만, 어쩔 수 없었습니다. 숨을 곳은 그곳뿐이었으니까요. 나가기까지 시간이 오래 걸리지는 않았습니다. 이

옥고 세준이 도착했습니다. 박린아와 함께 집 안에 들어왔습니다. 세준이 왜 저런 여자애한테 곁을 주는지 좀 답답했지만, 내가 할 수 있는 것은 없었습니다. 그저 숨을 죽이고 있을 수밖에요.

그 뒤로는, 다 아는 얘기지 않습니까?

세준은 비윤리적인 언행 하나 하지 않고, 떼를 쓰는 박린아를 집 밖으로 내보냈습니다. 나는 그 모든 것을 지켜봤고요. 그 것을 왜 찍었냐고요? 나는 알고 있었거든요. 박린아 같은 여자애들은 손바닥 뒤집듯 말을 바꾸고, 숨 쉬듯이 거짓말을 한다는 것을요. 나는 본능적으로 영상을 찍은 것입니다.

그 영상만 찍었냐고요?

……노코멘트 하겠습니다.

모든 것은 선의였습니다.

사랑이었고, 사랑이었고, 사랑이었습니다.

지세준

1

연희정을 '연희정'으로 처음 만난 팬싸에서 나는 연희정이 누군지 알아봤다. 엠마트 행사 때 내 이름을 한 번 더 물어봤던 여자, 그 아줌마. 잘 차려입고, 단아한 화장을 했다고 해도 불안에 절어 있던 그 눈빛은 그대로였으니까. 흠마 연희정의 본체를 알고 있음에도 모른 척한 것은, 연희정의 시간을 망치고 싶지 않았기 때문이다. 나를 만나러 오는 여자들은 내게 행복한 모습만 보여주고 싶어 한다는 것을 잘 알고 있었으니까.

덕질은 어느 정도의 광기를 동반한다지만, 가수 지세준은 그 광기를 자양분 삼아 살아가지만, 연희정은 이제 선을 넘고 있다. 왜 연희정을 무단침입, 불법 촬영으로 신고하지 않느냐고?

두렵다. 한 번 거짓말을 들킨 자는 계속해서 심문당한다는 것이.

근데 세준이 정말 박린아하고 끝난 거 맞음?

합의금 왕창 주고 박린아 입막음한 건가?

세준이 여자 오래 못 만나는데 박린아하고는 찐이었던 듯

↳ 연습생 때부터 알던 사이라 못 끊어낸 건가

↳ 그때부터 둘이 섹파였나?

얼마 전 팬 미팅에서의 내 해명을 직접 듣고도, 내 말에 눈물을 흘리며 "세준아, 사랑해"를 외쳐놓고도 팬들은 나를 의심한다. 80퍼센트의 믿음과 20퍼센트의 의심이라고 해야 할까. 이 상황에서 비밀이 밝혀지면, 지세준은 '거짓말을 할 수 있는 놈'이 된다. 한 번 거짓말을 한 놈은 무엇을 하고, 무엇을 말해도 계속해서 심문을 당한다. 여러 번 심문을 당해서 지치는 건 내가 아니다. 나를 의심하던 팬들이다. 언젠가는 아무리 해명해도 팬들이 나를 믿지 못할 날이 올 것이다.

연희정에게 전략적으로 대응해야 한다. 홈마 연희정의 현재

위치에 대해 생각해본다. 지세준이 연희정 덕분에 한국의 믹재거가 된 후, 연희정이 찍은 지세준의 사진은 곧 진실이 되고, 연희정의 텍스트는 팬덤 다수의 입장이 된다. 가장 조심해야 할 것은, 지세준과 합의점을 찾지 못한 연희정이 대야미 영상을 멋대로 공개해버리는 것. 골자는 린아 스캔들이 터졌을 때와 같다. 심기가 불편해진 홈마 연희정이 대야미 영상 중에서 지세준에게 불리한 부분만 편집해서 내보낼 수 있다. 예를 들어, 팬 미팅 때 공개했던 조작 녹음 파일에서는 다정한 전 남자 친구였던 지세준이 연희정의 영상에서는 임신한 전 여자 친구를 야밤에 무작정 내쫓는 못된 새끼가 될 수 있다거나. 거기에 지세준에 대한 배신감을 드러내는 텍스트까지 더해지면 빠에서 까가 되는 여자들이 많아지겠지. 그 시점에서 연희정을 무단침입한 사생으로 고소해봤자 나만 치졸해진다. 팬들은 대야미 집에 몰래 들어온 연희정을 욕하면서도, 지세준이 제게 전성기를 가져다준 홈마를 고소했다는 사실을 못내 꺼림칙해할 것이다. 연희정이 저지른 범죄보다 그동안 돈이고 시간이고 처 들여 예뻐한 지세준이 자신들을 기만했다는 것에 더 화가 날 것이다. 팬들의 사고가 이해되지 않는다고? 지세준을 좋아하는 여자들은 죄다 상식이 없는 거냐고?

　내 쪽에서 물어보겠다.

당신은 사랑할 때 객관적이 될 수 있는가?

이전 회사에서 보이 그룹을 담당했기에 홈마나 사생을 다루는 데 전문가인 매니저 누나는, 사측에서 사무적인 접근을 하는 것보다 내가 연희정과 소통하는 편이 나을 거라 판단한다. 그동안 나는 연희정의 일방적인 연락에 무응답으로 일관했지만, 매니저의 조언을 받아들여 직접 나서기로 한다. 연희정에게 최애와 사적 연락을 주고받는다는 이벤트를 열어준 뒤 협상이 시작된다. 여기서 명심할 것은, 대야미 영상에 대해 합의하고 싶어 연락했다는 의중을 섣불리 드러내지 않은 것이다.

다음은 어젯밤, 연희정과 나눈 문자메시지다. 톤 앤 매너는 매니저 누나의 디렉팅, 구체적인 어휘는 나의 애드리브다.

어느 쪽이든 방향성은 같잖니.

진실에 가깝잖니.

그러니까 불안해하지 마.

나는 언제든 네 곁에 있으니까.

누나, 항상 고마워요.

세준아! 정말 세준이 맞아?!

맞아요. 나예요.

그동안 누나 응원에

보답하고 싶다고 생각했는데…….

이제야 연락해요.

무엇을 어떻게 해야 좋을까요?

정말 감동이다아ㅠㅠ

보답은 무슨, 알잖아.

세준이 네 존재만으로 행복하다는 거.

그러니까요. 나를 이렇게 아껴주는

누나한테 뭐라도 해주고 싶어요.

말만이라도 너무 고맙지만♡

우리 세준이가 그렇게 말해주니

생각은 해볼게!

답장 정말정말 고마워!

연희정은 고단수일지도 모른다. 자신이 원하는 것을 바로
말하지 않고 시간을 끈다. 혹시나 언론사에 지세준 영상이 있

다며 미끼를 던져놓은 것일까? 그들에게 먼저 금액을 제시받고 내게 그 이상을 부르려나? 원하는 것이 '돈'뿐만이 아니라면……?

아무런 대비 없이 있다가는 린아 때처럼 당할 수 있다는 매니저 누나의 말에 동의한다. 연희정은 지세준에 대해 많은 것을 알고 있지만 지세준은 아니다. 조만간 연희정이 협상을 해올 때, 지세준도 쥐고 있는 것이 있어야 한다.

다행히 내 주변에는 디깅 천재가 있다. 창식이. 한때 내가 몸담았던 근면 흥신소의 사장, 김창식. 어젯밤, 연희정과 대화를 끝내고 창식이에게 연희정에 대한 정보를 줬다(약간의 착수금도). 연희정의 핸드폰 번호와 엠마트 직원이라는 두 가지 정보. 발 빠른 창식이는 하루 이틀 내로 연락을 준다고 했다.

고등학교 졸업을 앞두고 나는 아이돌 데뷔를 하네 마네, 대학을 가네 마네 갈피를 못 잡고 있을 때 창식이의 진로는 확실했다. 창식이는 공부 머리는 없어도 메타인지가 잘되어 있는 놈이었다.

"담임이랑 교생이랑 붙어먹은 거 같지 않냐."

그때만 해도 운동장 조회라는, 전교생이 운동장에 열 맞춰서서 교장의 훈화를 듣는 시간이 있었다. 키가 컸던 나는 맨 뒤에 선 채 졸았고, 땅딸했던 창식이는 앞줄에 있었다. 덩치 좋은 남자 담임과 청순한 여자 교생은 맨 앞에 나란히 서 있었다. 창식이의 말로는 두 사람이 조회 내내 눈빛을 교환하는 게 보였고, 급기야 교생이 수줍게 웃었다고 했다. 나야 그 두 사람이 정분이 나든 말든 별 흥미는 없었지만, 끈기와 오기로 담임과 교생의 관계를 파헤친 창식이가 대단하다는 생각은 했다. 창식이는 모텔까지 서로 다른 차를 타고 와 같은 방에 들어갔다가, 각기 다른 시간에 나와서, 다시 각자의 차를 타고 가는 두 사람의 사진을 찍었다. 나는 창식이가 두 사람의 불륜 입증에 집착한 이유가 궁금했다.

"담임이 유부남인 주제에, 돼지인 주제에, 예쁜 교생 꼬셔서 열받았냐?"

"아니. 교생 내 스탈 아님."

"교생이 네 담배 잡아내서 빡침?"

"나 그렇게 속 안 좁다."

"그럼 뭐냐."

"난 그냥 그런 게 재밌어."

"사람들 쫓는 게?"

"응."

"왜?"

"인간은 누구나 약한 구석이 있다는 걸 알고 나면, 왠지 안

심이 돼. 누가 나한테 좆같이 굴어도 그 인간도 결국 나약한 인
간인 거잖아. '씨발, 나 존나 쎄!'라고 기합 확 들어간 인긴도 사
랑 앞에서 절절매는 약해빠진 인간인 거잖아."

"너한텐 사랑하는 게 약해빠진 거야?"

"응. 사랑은 사람을 약하게 만들어. 약점을 만들어."

2

트로트 경연 프로그램의 녹화가 길어진다. 예선을 통과한
본방 참가자는 스무 명가량. 그중에 자칭, 타칭 '제2의 지세준'
은 다섯 명 정도. 다들 얼굴이 반반하고 실력도 좋지만, 양산형
제2의 지세준이 경쟁력이 있을까 싶다.

"형, 은근히 기분 좋죠? 제2의 지세준이니 어쩌니 눈앞에서
꼴값 떠는 거 좀 웃기긴 해도 형을 벤치마킹하는 애들이 있다
는 게, 형이 잘나간단 얘기니까."

신보 앨범을 들고 찾아온 최영광이 떠들어댄다. 전자 담배
를 피워대며. 전형적인 앞 도련님 뒤 양아치 타입이라 놀랍지
도 않다. 아이돌로 활동할 때 후배 기강 잡는 선배들 때문에 고
생한 기억이 있어서 그런지 최영광에게 선배 노릇은 하고 싶

지 않다. 최영광이 경 대표와 함께 스웨디시 마사지 숍에 드나드는 것을 비난하고 싶은 생각도 없다.

"영광이 너도 이번 공연 매진이라며? 2천 석 거의 다 채웠다는데."

"형도 알잖아요. 그게 뭐 대단해요? 2천 석 채워봤자 그게 돈이 되나."

"좌석 수 서서히 늘리는 거지. 팬덤 화력 한번 붙으면……."

"나는 이 일에 목맬 생각 없어요."

"하하. 네 팬들이 들으면 서운하겠다."

"또라이 같은 여자들 앞에서 웃는 것도 슬슬 지겹고."

"너는 이제 막 데뷔한 애가 그런 소릴 하냐?"

"형하고 달라요, 나는. 애정에 목매지 않거든요."

최영광은 트레이드마크인 도련님 웃음을 지으며 방을 나간다. 나는 최영광의 마지막을 말을 곱씹는다. 최영광의 말에 긁힌 것은 아니다. 내게 별 관심 없어 보이던 최영광이 나를 꿰뚫어 보고 있다는 사실이 좀 놀라울 뿐이다.

나는 어렸을 때부터 사랑을 원했다. 사기꾼 딸을 증오하는 할머니에게 사랑받기 위해서는 당신의 손자는 당신의 딸과 다르다는 것을 보여줘야 했다. 약주를 할 때면 〈가요무대〉를 틀어놓고 흥얼거리는 할머니 앞에서 트로트 가락을 뽑은 이유가 뭐겠는가. 나라고 또래들하고 치고받고 노는 게 재미없었을까. 그저 그런 남자아이로 존재해서는 사랑을 얻을 수 없다는 사실을 일찍 깨달았을 뿐이다. 나는 할머니가 가득 삶아 두고 간 감자에 설탕을 뿌려 먹으며 얌전히 할머니를 기다렸다. 시골집이면 으레 키우는 똥개처럼, 농사일을 마친 할머니가 돌아오면 할머니에게 보고 싶었다고 말하며 달려갔다. 반주상에 소주잔 두 개를 올려놓고 할머니의 잔에는 소주를, 내 잔에는 콜라를 따랐다. 술이 들어간 할머니가 신세 한탄을 시작하면, 나는 노래를 불렀다. 때로는 춤도 췄다. 아이돌을 그만두었을 때는 실패한 나를 할머니가 받아주지 않을까 봐 불안했다. 쉬지 않고 아르바이트를 했던 이유도, 남녀가 몸을 부비는 사진을 찍은 것도 가계에 보탬이 되는 손자라는 소리를 듣고 싶었기 때문이었다.

사랑받는 것. 내 삶의 목표는 항상 그것이었고, 앞으로도 그럴 것이다.

그러니 '인기 가수 지세준'은 내게 천직이다.

3

녹화를 끝내고 나가니 주차장 앞에서 내 팬들과 최영광 팬들이 싸우고 있다. 흔한 줄 다툼이다. 〈베스트 맨〉 굿즈인 머리띠를 쓴 팬, 내 또래 정도로 보이는 여자가 최영광의 팬들에게 고함을 지른다.

"얼마 전까지 지세준 빨아댔으면서 부끄럽지도 않냐? 이 잡년들아."

최영광의 팬들이 질세라 고함을 지른다.

"씨발, 지세준도 한물갔어. 스캔들 터진 거 보니까 유흥에, 여자에 좆 됐거든?"

여자들은 육탄전을 벌인다. 저것들이 또 지랄이라고, 혀를 내두르던 매니저 누나는 나만이라도 뒷문으로 빠져 택시를 타고 가라고 한다. 팬들의 싸움에 등장하는 최애는 없으니 나는 조용히 비상문 쪽으로 향한다. 마침 창식이에게 문자메시지가 온다.

> 니가 알려준 핸드폰 번호, 조회해봤어.
> 핸드폰 명의자 이름은 정연미. 마흔두 살.
> 두 달 전에 고소당한 기록이 있어서 쉽게 찾았다.

창식이는 경찰 연줄이 있다. 오래전 조사 대상으로 만난 사람인데 어떻게 구워삶은 건지, 그는 여태껏 창식이의 사업 번창에 가장 큰 공신이 되어주고 있다. 뭐, 창식이의 장기인 은근한 협박과 적절한 보상 때문일 거라 짐작은 하지만.

| 그 여자, 엠마트 직원 아니던데. |

이건 또 무슨 소리지? 창식이에게 전화를 해보려는데 진동음이 울린다.

박린아(받지 마 좀!)

괄호 안에 받지 말라는 세 글자를 보며 나는 고민한다. 린아는 경 대표에게 위로금을 받았고, 비밀 유지 계약을 지키지 않으면 위약금을 물어내야 하고, 위약금은 고깃집 아르바이트만으로 감당하기 어려울 테니, 그렇다고 또다시 텐프로가 되고 싶진 않을 테니. 내가 전화를 받지 않아도 린아가 망아지처럼 날뛸 일은 없다고 생각하면서도. 만에 하나, 린아가 조작 녹음 파일을 풀 때처럼 고주망태가 되어 있는 거라면……. 한숨이 나온다. 전화를 받는다. 그 짧은 순간에도 여러 생각이 스친다.

위로금 천만 원을 받은 지 얼마나 됐다고 다 써버리고는, 돈을 (빌려)달라며 연락한 것은 아닐까 싶은데.

"살려……줘……."

겨우 힘을 짜내서 말하는, 절박한 목소리를 들을 줄은 몰랐는데.

"제……발……."

린아가 막 나가긴 해도 시답지 않은 장난을 칠 애는 아닌데.

연희정

꿈같은 얘기지만 말입니다.

오늘 하루 고되다 싶은 날, 그런 날에

세준이 나를 찾아온다면 얼마나 좋을까요.

세준과 텔레파시가 통한다면 얼마나 좋을까요.

지세준

"박린아 씨 집은 어떻게 들어가신 겁니까?"

형사는 한차례 나를 의심한다. 죽기 직전까지 폭행을 당한 채, 집 거실에 쓰러져 있던 린아를 내가 제일 먼저 발견하고 신고했기 때문이다. 나는 린아한테 살려달라는 전화를 받았다고 말했지만, 그것은 린아를 해한 범인이 아니라는 증거도, 알리바이도 되지 못한다.

"박린아 씨 집은 어떻게 들어가신 거냐고 물었습니다."

문이 열려 있었다. 누군가 다급하게 나간 듯이, 도어 록이 경고음을 내고 있었다.

"어제 22시에서 23시 사이, 뭐하고 계셨습니까?"

린아의 전화를 받은 것은 22시를 넘어서다. 전화를 끊자마자 택시를 탔고, 22시 45분쯤 린아의 집에 도착했다.

"알리바이는 확인해보면 되겠고. 참고인 조사 재요청 드릴 수 있습니다."

나는 그대로 자리에서 일어난다.

경찰서를 나오니 매니저 누나가 기다리고 있다. 말없이 차에 오른다. 매니저 누나가 나를 슬쩍 봤다가 차를 움직인다. 조사실은 털끝이 설 정도로 서늘했는데, 차 안은 덥다. 땀이 흐른다. 왼손에 차고 있는 가죽 팔찌가 습해져 살을 간지럽힌다.

몇 시간 전, 22시 50분경. 나는 린아의 집으로 들어갔다. 머리에 피를 흘린 채 쓰러져 있는 린아를 보고 바로 119에 신고했다. 린아의 상태를 살피다가, 린아 옆에 떨어져 있는 가죽 팔찌를 발견했다. MaxMara가 음각으로 새겨져 있는, 벽돌색 가죽 팔찌를 집어 들었다. MaxMara 음각 옆에, 그보다 더 작은 크기로 이니셜이 새겨져 있었다. Y.H.J.Y.H. 익숙했다. 나는 팔찌의 주인을 알고 있었다.

구급차 사이렌이 울렸고, 나는 팔찌를 손목에 찼다.

연희정

내게는 별명이 있습니다. 연희정이란 홈마 네임이 아닌, 사람들이 내 뒤에서 나를 칭하는 '막스마라 여사'. 나도 압니다. 막스마라 여사는 명예스러운 별명이 아니라는 것을요. 팬싸 때마다 막스마라 옷을 입고, 그에 어울리는 업스타일 헤어를 하고, 잘 손질된 열 개의 손톱에 투명 네일을 얹는 나를 비꼬는 말이라는 것을요.

첫 팬싸를 앞두고 고민했습니다. 세준에게 특별한 인상을 남겨야하는데, 빈틈없이 예쁘게 보여야 하는데. 최애의 두 눈에 각인될 수 있는가, 그것이 팬싸의 목적이었으니까요. 세준의 머릿속에 내가 자리 잡느냐, 아니냐가 중요했지요.

엠마트 직원. 세준이 기억하는 나를 지우고 싶었습니다. 세준에게 나의 첫 인상을 다시 심어주고 싶었습니다.

누군가를 떠올렸습니다. 몇 년 전, 대리운전 일을 할 때 마주친 사람이었습니다. 그 사람의 이름은 이혜은. 이혜은은 총선을 앞두고 선거유세를 다니고 있었습니다. 그날 나는 아침까지 취객들을 목적지까지 바래다주고, 근처 시장에 있는 순댓국집에 들어갔습니다. 소주 반 병만 비우고 한증막에 가서 눈을 붙일 참이었습니다. 순댓국에 깍두기 국물을 푸는 순간, 이혜은이 들어왔습니다. 흰색 포플린 롱 원피스, 혼주처럼 틀어 올린 머리는 '어른 여자'의 기품이 느껴지는 차림새였지요.

"기호 1번 이혜은입니다. 젊은 분이 이렇게 전통시장을 이용해주시고, 감사합니다."

이혜은은 내 손을 꼭 잡았습니다. 큐티클 하나 없이 잘 관리된 손톱이 눈에 들어왔습니다. 내 맞은편에 앉은 이혜은은 갓 나온 순댓국을 두어 번 떠먹었습니다. 보좌관이 귓속말을 하자, 피순대까지 하나 집어먹었습니다. 기자들은 셔터를 눌러댔지요. 나는 그런 이혜은을 보며 슬쩍 웃었습니다. 그때 그 순댓국 안에 들어 있던 피순대는 유난히 비렸거든요. 이 아줌마야, 꼬숩다. 예쁘게 차려입고 서민 체험 와서 맛본 순대가 비려 죽겠지? 그러니 꼴값 떨지 말고 썩 꺼져……

"정말 맛있네요! 선생님이 왜 소주를 드시는지 알겠어요!"

이혜은의 말에 가게 안에 있던 모두가 웃음을 터트렸습니다. 나만 빼고요. 나는 머리를 굴렸습니다. 눈앞의 여자, 이혜은을 곤경에 빠트리고 싶었거든요.

"예전부터 팬이었어요."

나는 따로 주문했던 피순대 반 접시를 이혜은 앞으로 쓱 내밀었습니다. 이혜은은 어머나, 하며 예의 우아한 미소를 지었고요. 그러더니 피순대를 한두 개 더 먹더군요.

"그럴 수만 있다면, 술도 한 잔 얻어먹고 싶군요."

그 말에, 가게 안은 또다시 웃음보가 터졌습니다. 이혜은은 말입니다, 정말로 피순대를 좋아하는 거였습니다. 이탈리아의 유서 깊은 패션브랜드의 원피스를 입은, 정갈한 미소를 지을 줄 아는, 유명 여대 교수 출신인 오십대 여성의 의외성은 그렇게 사랑스러운 거였습니다.

나중에 그날의 유세 현장 기사를 찾아봤습니다. 이혜은은 청년층, 특히 여자들에게 지지를 받고 있는 듯 했지요. 이혜은의 유세 현장 룩에 대한 정보가 댓글로 달렸습니다. 막스마라 포플린 화이트 코튼 원피스 ₩2,250,000.

팬들 사이에서 팬싸 룩이 곧 데이트룩이라는 걸 알았을 땐 당황하기도 했습니다. 데이트룩이라니, 나는 마흔이 넘도록 데이트를 해본 적이 없는데 말입니다. 상상을 해봤습니다. 세준과 첫 데이트를 한다면, 어떻게 꾸미고 가야 할까. 나는 앳되게 꾸민다고 해서 어울리는 인상이 아니었고, 몸매가 드러나는 건 더더욱 피해야 했습니다. 거울을 보면 양 볼이 푹 꺼진 아줌마가 서 있었습니다.

그때, 이혜은이 떠오른 것입니다. 그 여자는 여전히 막스마라가 어울리는 의원님이었습니다. 이혜은을 벤치마킹하기로 했지요. 의류 렌털 숍에서 고풍스러운 막스마라 원피스를 골라 입었습니다. 머리는 팬싸 후기에서 본 것처럼 강남 숍에 가서 만질 필요는 없었습니다. 동네 미용실 원장님에게 하객 룩이라며 막스마라 원피스 사진을 보여줬습니다.

"고상한 것보다는 우아한 쪽이 어울리겠네요."

고상과 우아의 차이를 알 수 없었지만, 원장의 그다음 말은 내 마음에 쏙 들었고요.

"국회의원 이혜은, 그 여자처럼 해줄게요."

클러치백은 남대문에서 적당한 것을 골라 들었습니다. 언뜻 보기에는 막스마라 원피스와 어울리는 명품처럼 보였지요. 그렇게 준비를 다 마쳤습니다. 나의 베스트 맨, 지세준을 마주할 준비를.

여전히 기억납니다. 그날의 모든 것이. 어쩌면 그 모든 것이 나의 P.O.V일 수도 있겠지요. 내 차례가 되었을 때, 세준을 향해 무릎을 굽혔을 때, 사락거리는 소리와 함께 원피스 끝단이 바닥에 닿았을 때 세준은 나를 보고 활짝 웃었습니다. 그러고 는 목에 두르고 있던 실크 스카프를 살짝 들어보였습니다.

"취향이 같네요, 우리."

세준의 실크 스카프는 막스마라 신상이었습니다. 렌털 숍 직원이 내가 고른 원피스에 두르면 어울릴 거라고 살짝 걸쳐 주던 것과 같은 것이었습니다. 날이 더워 스카프를 두르는 대 신, B품이라며 저렴하게 구매하는 것을 권유받은 가죽 팔찌를 찬 것이 못내 아쉬웠습니다. 최애와 아이템이 겹친다는 건 행 복한 일인데 말입니다.

그날 이후로 나는 세준만큼 관심받는 피사체가 되었습니다. 많은 사람들이 세준과 홈마 연희정의 투 숏을 찍었습니다. 내 얼굴은 모자이크가 되었지만, 우리의 투 숏은 트위터에서 5천 알티를 탔지요. 팬들은 엠마트 직캠을 찍은 홈마가 못생긴 오 타쿠가 아니라서, 지세준에 잠깐 미친 애 엄마가 아니라서, 뭐 가 됐든 내가 루저처럼 보이지 않아서 실망하면서도, 나를 동 경하기 시작했습니다. 그들이 보기에 막스마라 여사는 한국의 믹 재거, 지세준을 발견해낼 안목이 있는 사람이었던 것이지 요. 팬싸라는 게 그렇습니다. 최애는 앉아 있고, 그와 눈을 맞 추기 위해 팬들은 키를 낮추고, 무릎을 꿇습니다. 아무리 꾸며도 팬이 최애보다 우아해질 수 있는 풍경은 아님에도 그날 우리의 투 숏은 완벽했습니다.

세준을 좋아하면서부터 나는 다른 사람이 됐습니다. 덕후 용어로 그런 말이 있더군요. 현생. 덕질은 행복한 꿈이 형상화된 거고, 현재의 인생은 따로 있다는 것이지요. 나는 말입니다. 세준을 좋아하는 시간이, 그날들이 모두 현재였습니다. 먹고살기 위해 애쓰는 일상도 현재고, 그 틈틈이 세준을 좋아하는 것도 현재였습니다. 우아하게 차려입고 세준을 만나러 가는 나도 현재고, 정육 여사님, 아줌마 등 함부로 불리는 나도 현재였습니다.

새로운 삶 따위를 바란 것이 아닙니다. 홈마 연희정, 막스마라를 입고 세준 앞에 나타나는 여자의 삶이면 행복했습니다. 세준을 계속 좋아할 수 있길 바랐을 뿐입니다. 세준에게 오래도록 필요한 사람이 되고 싶었을 뿐입니다.

대야미 영상을 보내고, 세준에게 연락이 왔을 때 무척이나 기뻤습니다. 세준이라면, 구구절절 내 마음을 말하지 않아도 알아주지 않을까 내심 기대하고 있었거든요.

| 누나, 항상 고마워요. |

| 세준아! 정말 세준이 맞아?! |

맞아요. 나예요.

그동안 누나 응원에

보답하고 싶다고 생각했는데…….

이제야 연락해요.

무엇을 어떻게 해야 좋을까요?

지세준 뒤에 든든한 홈마, 연희정이 있다는 것을 세준이 알아준 것입니다. 자신이 무슨 말을 하고 무엇을 하든지 연희정은 지세준을 지지한다는 것을 세준도 알고 있었던 겁니다.

……불행은 늘 행복 뒤에 드리워져 있다고 했나요. 드디어 나와 세준의 마음이 온전히 닿았는데.

거치적거리는 사람들이, 상황들이 다가왔습니다.

그 사람들을, 상황들을 견딜 수가 없었습니다.

도움을 청할 수도 없었습니다.

오로지 나의 힘만으로 가로막는 것들을 없애야 했습니다.

지세준

머리를 다쳐 의식을 되찾지 못하고 누워 있는 린아를 바라본다. 린아가 사는 빌라의 CCTV는 위장용이었기에 범인을 특정하지 못하고 있다. 관할 경찰서 강력계에서는 아직 나를 용의선상에서 제외하지는 않은 듯하다. 상암 방송국에서 남가좌 린아의 집까지는 차로 약 삼십 분으로 멀지 않은 거리다. 범행 추정 시각인 22시에서 23시 사이, 나는 범행을 저지르고도 남는다. 이것이 경찰이 열어둔 지세준의 범행 가능성이다.

언론에는 지세준이 전 여자 친구 특수 폭행 사건의 참고인으로 조사를 받았다는 보도가 나간 상황이다.

경찰 관계자, 지세준은 유력한 용의자는 아니지만 그렇다고 용의

선상에서 배제하기에는 일러…….

사측에서 애를 써보기도 했지만, 기사가 나가는 것을 전부 막을 수는 없었다. 피해자의 주변인을 주시하는 것은 수사 형식상 필요한 일이라며, 나의 무죄를 염두에 두는 입장을 내놓기는 했다. 팬들은 내가 린아의 집에 갔다는 사실을 못마땅해하면서도 살인 용의자 취급을 참지 못하고 관할 경찰서에 계속해서 민원을 넣었다.

우리 세준이가 여자는 만나도 살인은 안 하거든요!
박린아 걔 만나는 남자가 한둘이 아니라는데,
그 새끼들은 조사 안 해요?
연예인이라고 표적 수사하는 거 아니에요?

린아 스캔들 때처럼 일이 꼬이기 전에, 내가 알고 있는 것을 경찰에게 털어놓는 것이 좋지 않겠느냐고, 사건 당시 린아의 집에서 발견한 막스마라 팔찌의 주인에 대해 말하는 편이 낫지 않겠느냐고? 살면서 감을 따라야 할 때가 있다. 린아의 집에서 발견한 팔찌를 무언가 따져보지도 않고 숨겼다는 것은, 그렇게 몸이 먼저 움직였다는 것은 감이 내게 알려준 것이다.

'지세준, 일단 몸을 사려. 무언가를 정확히 알아내기까지 무엇도 아는 척 하지 마.'

팔찌가 연희정이 린아를 죽기 직전까지 때렸다는 증거가 되지는 않는다. 경찰에서 유추한 용의자의 특징은 린아를 단번에 제압할 수 있을 정도로 힘이 센 사람, 남성이다. 연희정이 린아를 만났을 수도, 린아의 집에 왔을 수도 있지만 그 마른 몸집으로 린아를 단번에 제압했을 가능성은 낮다.

증거 은닉 죄를 지은 거라고?

뭘 어쩔까. 연희정의 팔찌는 이미 내 손 안에 들어와 있다.

"왠지 내 감으로는 수상해, 그 여자."

평생을 감으로 살아온 창식이의 말에 괜히 뜨끔한다. 창식이는 린아가 좋아하는 백화점 에그타르트를 사들고 병문안을 왔다. 전화로 린아의 상태를 묻던 창식이에게 일단 안정은 됐다고 말해줬는데, 깨어나지 못한 린아를 보자마자 당황해했다.

"본명이 정연미라고 했나. 엠마트 직원이 아니라는 게 정말이야? 창식이 네가 그랬을 리는 없다고 생각하지만, 혹시 다른 사람을 조사한 게 아닌가 해서."

창식이는 에그타르트를 꺼내면서 린아에게 깨어나면 또 사주겠다는 말을 하고 제 입에 가져간다. 조사한 것들에 대해 말하기 시작한다.

"급하게 굴지 말고 일단 들어봐."

연희정을 조사하던 창식이가 제일 먼저 만난 사람은 연희정의 고용주다. 연희정의 고용주는 처음에 경찰도 아닌 창식이가 연희정에 대해 캐묻자 경계하는 듯했지만, 창식이가 연희정에게 돈을 떼먹혔다고 하자 태도가 누그러졌다고 한다.

약 두 달 전, 연희정은 고용주에게 임금을 가불받은 후 용역을 기피했다는 이유로 고소당한 적이 있었다. 연희정은 엔젤독 그루밍 숍의 미용사였다. 숍 대표는 연희정의 띠동갑 아래, 삼십대 여자였는데 고소하기 전까지는 연희정과 사이가 좋았던 모양이었다. 연희정은 웰시코기나 셰틀랜드 쉽독과 같은, 귀여운 이미지지만 막상 만나면 그 풍채가 좀 부담스러운 중대형견들을 잘 다뤘다. 발톱을 깎기 싫어 발버둥 치던 개들도 연희정의 품에 들어가면 얌전해졌다. 연희정 덕분에 중대형견 고객이 늘고 매출도 늘었다. 대표는 그것이 고마워 연희정의 두 달 치 급여 가불 요청을 흔쾌히 승낙했다.

연희정은 가불을 받고 난 후부터 무단결근을 했다. 대표는 며칠 동안 연희정과 연락이 닿지 않자, 연희정이 잠수 퇴사를 한 모양이라고 생각했다. 연희정에게 고소장을 접수했다는 문자메시지를 보냈을 때 그제야 연희정에게서 답이 왔다.

"상을 치르고 있어요. 동생이 죽었어요."

대표는 연희정의 말을 듣고 자신이 섣불리 고소장을 접수한 것이 부끄러워졌다가, 이내 합리적인 의심을 했다. 연희정이 정말 동생 상을 당한 것인지 확인해보고 싶었다. 연희정은 순순히 장례식장 위치를 알려줬다. 빈소에 도착한 대표는 연희정을 보고 깜짝 놀랐다. 일주일 만에 사람이 저렇게 야월 수가 있나. 배달 음식을 좋아해 늘 짠 기에 부어 있던 얼굴이 저렇게 홀쭉해질 수가 있나.

"나 말이야. 다이어트 좀만 하면 갸름해진다? 봐봐. 지금도 턱선은 살아 있죠?"

대표는 언젠가 연희정이 제게 했던 말을 떠올리며, 그 말에 수긍했다. 자매 사이가 가까웠다면, 동생의 죽음은 살이 빠질 정도로 힘든 일이리라. 연희정이 안쓰러워진 대표는 부조를 넉넉하게 했다. 연희정을 안아주며 푹 쉬고 다시 출근을 하라고 말했다.

"이제 일 못 해요. 가불받은 건 이체했어요. 미안합니다."

늘 제게 반존대 화법을 쓰던 연희정이었기에, 공손해진 말투에 대표는 반사적으로 연희정을 살폈다. 살이 빠진 것을 제외하면 머리모양도 이목구비도 자신이 알던 연희정이 맞았다. 대표는 다시 의문이 들기 시작했다. 모든 걸 다 바꿔주는 대한민국 성형외과에서도 바꿀 수 없는 게 안광, 눈빛이라고 하지 않았던가. 우리 '정연미 선생님'이 저렇게 깊은 눈빛을 한 적이 있었던가.

대표는 빈소를 나서며 영정 사진에 한 번 더 눈길을 주었다.

"동생 분과 정말 닮았네요. 아무리 자매라도."

연희정, 아니, 정연미는 슬쩍 웃었다.

"쌍둥이니까요."

정연미는 갑자기 기침을 했다. 코를 만지며, 여러 번. 대표는 빈소를 나왔다. 직업이 직업이기에 옷을 갈아입어도 강아지 털이 붙어 있곤 했다. 그날도 어김없이 검은 옷 위에 흰색 털이 붙어 있었다. 개과 털 알레르기가 있는 사람들은 기침을 했다. 간지러운 코를 만지느라 코끝이 붉어지기도 했다. 눈앞의 정연미처럼.

그런데 숍 대표가 알고 있는 정연미는 개과 털 알레르기를 갖고 있지 않았다. 채용 시 알레르기 검사 결과지를 받기도 했으니 확실했다.

"뭐, 없다가도 생기는 게 알레르기예요. 복불복이랄까. 강아지 미용 십 년 차에도 알레르기가 심해져서 관두는 사람들도 있거든요. 아무리 동생이 죽었다고 해도, 사람 분위기가 그렇게 확 바뀌나 싶었는데. 뭐, 굳이 정연미 선생님을 의심할 이유는 없잖아요."

일반적인 사고의 수순은 그리되기 마련이다. 의심을 갖는다, 그 의심의 현실성에 대해 고민한다, 공상이라는 생각이 조금이라도 드는 순간 그 의심은 팩트가 아닌 스토리가 되는 것이다. 보통은 그 단계에서 멈추는데 창식이의 다음 말은, 나를 계속해서 누군가를 의심할 수밖에 없는 미스터리 영화의 주인공으로 만든다.

"너한테 정연미가 마트 직원이었다는 얘기 듣고 나서 그루밍 숍 관두고 마트로 이직했나 싶었는데, 아니었어. 마트에 근무했던 건 동생 정연희였어. 그 자살했다는 동생. 두 달 전쯤 바뀐 번호로 정연미한테 연락 왔댔지? 혹시나 해서 바뀌기 전 번호도 조회해보니까 명의가 죽은 정연희더라. 사용 정지된 번호로 뜨고."

미스터리 영화의 형사가 되었다 치고, 짚고 넘어가 본다.

엠마트 직캠을 찍은 것은 엠마트 직원이었던 정연희. 정연희는 두 달 전에 자살했으니, 내게 대야미 영상을 보낸 것은 정연미다. 정연미와 정연희는 쌍둥이 자매이다. 그렇다면, 정연희가 죽기 전까지 쌍둥이 자매는 내 덕질을 함께 했다는 것인가. 홈마 연희정은 두 사람이었던가.

"거기다 정연희, 자살 이유가 사채 빚 때문이야. 야, 세준아. 이거 정말 감이 안 좋은데."

창식이는 에그타르트를 전부 먹어 치운다.

최근에 있었던 팬싸를 떠올린다. 엠마트의 후줄근한 아줌마가 아닌, 우아한 막스마라 원피스를 입은 연희정의 말을 이제야 기억해낸다.

"정연희, 정연희로 적어줘. 내 본명이야."

Y.H.J.Y.H 연희정, 정연희.

2
장

연희정

우리 쌍둥이 자매가 태어났을 때, 엄마는 숨죽여 울었다고 합니다. 할머니에게 대를 끊은 며느리 소리를 듣는 것이 싫었고, 출산을 하자마자 다시 시작될 고된 시집살이가 두려웠으니까요. 나는 태어난 뒤 무언가를 기억해낼 즈음부터 엄마의 시집살이가 어땠는지 세세하게 말할 수 있습니다. 나는 20세기 대한민국 농부의 집에서 딸만 낳은 여자의 위치가 어땠는지 말할 수 있는 고증자이며 목격자입니다.

내가 고등학교에 진학할 무렵, 할머니는 엽총에 맞아 죽었습니다. 늦은 밤, 남의 집 옥수수밭에 들어갔다가 할머니를 멧돼지로 착각한 엽사의 총에 맞은 것이었지요. 할머니는 옥수수를 서울의 대형마트에 납품하는 옆집을 부러워했습니다. 바로 옆의 땅에서 똑같이 옥수수를 키우지만 우리 집의 옥수수는 알이 무르고 맛이 맹한데 반해 옆집 옥수수는 알이 단단하고 씹을수록 고소했거든요. 할머니는 입버릇처럼 옆집의 옥수수 농사가 망했으면 좋겠다는 말을 했습니다. 그 밤에 옆집 밭으로 향한 것도, 자신의 소원을 직접 이루기 위해서가 아니었을까 짐작합니다. 죽은 할머니의 주변에 옥수수와는 상극인 화학비료가 흩어져 있었거든요.

엄마는 아버지와 함께 할머니의 시신을 확인하고 와서는 소리 없이 웃었습니다. 발을 동동 구르며, 좋아서 견딜 수 없다는 듯이. 그 모습을 보고 언니는 엄마가 미친 것이 아닌가 걱정했지만, 나는 엄마를 이해했습니다.

"연희야. 인간이란 때때로 견딜 수 없이 힘든 존재란다. 가족이라면 더더욱."

할머니가 죽은 후, 엄마는 활기를 되찾았습니다. 그동안 술에 찌든 아버지를 대신해 경제권을 쥐고 있던 할머니가 사라지니, 엄마가 우리 집의 기둥이 되었습니다. 우리 밭에서 수확한 옥수수는 옆집 못지않게 달고 고소한 맛이 나기 시작했습니다. 엄마는 우리 자매가 원한다면 서울로 대학을 보내주겠다고 했습니다. 언니는 시큰둥했지만, 나는 기뻤습니다. 당시 내 성적이면 수도권 간호대학 정도는 가능했으니까요.

그런데 엄마도 나도 간과했던 문제가 있었습니다.

아버지.

아버지는 행복해지는 법을 모르는 사람이었습니다. 단란한 가족 따위 원하지 않는 사람이었습니다. 할머니의 죽음을 이유로 음주량이 더 늘어난 아버지는 도박에도 빠졌습니다. 시골 마을까지 원정 온 도박단에 걸려들었지요. 그해 옥수수를 팔아 쟁여두었던 돈은 고스란히 아버지의 도박 빚을 갚는데 쓰였습니다. 서울에 갈 생각으로 들떠 있던 나는 좌절했습니다. 내 마음을 알아주는 것은 엄마뿐이었습니다. 엄마는 내 입학금 정도는 숨겨두었으니 걱정말라고 나를 다독였습니다. 그 말만 믿고 나는 서울의 간호대학에 가기 위해 다시 열심히 공부했습니다.

아버지라는 불똥을 미처 예상하지 못했던 것처럼, 나는 엄마의 병도 예상하지 못했습니다. 별 볼 일 없는 남편 대신 불철주야 일했던 엄마가 어떤 기미도 없이 쓰러지리라 생각하지 못했습니다. 다시는 일어나지 못하리라 생각하지 못했습니다.

그때는 왜 그리 멍청했을까요. 이십 년 가까이 고문과 같은 시집살이를 견디고, 두 딸을 키우고, 가정의 경제까지 일으키려 애쓰던 엄마에게 병마가 잠입해 있을지도 모른다는 생각을 왜 하지 못했을까요.

엄마는 쓰러진 지 한 달 만에 돌아가셨습니다. 아버지는 엄마가 내 등록금으로 숨겨둔 돈까지 아득바득 찾아냈습니다. 그러더니 인심 쓰듯 언니와 나에게 말했습니다.

"둘 중에 수능 성적이 잘 나오는 쪽만 지원해주겠다. 집 사정상 둘 다 서울로 가는 건 무리다."

상경하는 쪽은 당연히 나일 것이라 생각했습니다. 그 당시 언니는 공부든, 농사일이든 내팽겨치고 동네 양아치들과 어울리기 바빴거든요. 아버지가 '수능 성적이 더 잘 나오는 쪽'이라는 조건을 제시했을 때도 자긴 서울 가긴 글렀다고 미리부터 포기했고요.

아, 그 당시 나는 왜 그리도 바보 같았을까요.

언니는 아빠를 닮아 인간에 대한 존중, 가족애 같은 건 없는 사람이란 걸 알고 있었는데도 왜 내가 상경하는 것을 언니가 가만히 지켜보리라 생각한 걸까요.

수능 날. 언니는 내게 보온병 하나를 내밀었습니다.

"깨죽이야. 시험 날 점심은 가볍게 먹어야 하니까."

그때 나는, 드디어 이 사람이 정신을 차리는구나 싶었습니다. 비록 오 분 먼저 태어났지만 자신이 장녀 노릇을 해야겠다고 결심했구나 싶었습니다.

언니가 준 보온병을 가방에 잘 넣어 시험장에 갔습니다. 오

전 시험은 내 능력 안에서 정성껏 본 것 같아 마음이 놓였습니다. 언니가 건넨 깨죽은 부드럽게 잘 넘어갔습니다만…… 나는 오후 시험을 볼 수 없었습니다. 상경하겠다는 목표를 위해 어떻게든 괄약근에 힘을 꽉 쥐어봤지만, 무리였습니다. 어느 순간부터는 시험이고, 상경이고 생각할 겨를도 없어졌습니다. 중도 퇴실을 하고 화장실에 가서 한 시간 가까이 앉아 있었습니다. 그때는 눈물도 나지 않았습니다.

언니의 수능 가채점 점수는 형편없었지만, 경기도에 새로 생긴 전문대의 미용과를 진학할 정도는 되었습니다. 언니가 지원한 대학은 첫 신입생 모집을 공격적으로 하는 곳이었습니다. 아버지는 우리 자매에게 무슨 일이 있었는지 궁금해하지 않았습니다.

"원래부터 농사일 재주는 연희 네가 더 있었다. 연미 저 기집애보다는."

태어나서 처음으로 아버지에게 들었던 칭찬은 굴욕적이었습니다.

나는 스무 살부터 스물다섯 살까지 아버지와 단둘이 살게 되었습니다. 아버지는 전보다 술을 더 마셨으며, 노름을 즐겼습니다. 나 혼자서 옥수수밭을 감당하기는 힘들었지만, 그 밭이 없으면 손가락 빠는 신세가 되기에 갖은 애를 쓰며 일을 했습니다. 그러나 옥수수밭은 점점 메말라갔습니다. 우리 밭뿐만 아니라 옆집의 밭까지 말입니다. 비옥했던 땅에 변화가 생긴 겁니다. 모아둔 재산이 있었던 옆집 중년 부부는 집과 땅을 싼 값에 처분하고, 아들의 집으로 간다고 했습니다. 아버지와 나는 막막했습니다. 뭘 어떻게 먹고살지 근심이 가득하던 차에 그 남자가 귀향했습니다.

구영식. 그 남자의 이름입니다. 인정하고 싶지 않지만, 구영식은 내 첫 남자였습니다. 첫 경험, 결혼, 이혼까지 모두 구영식과 함께 겪었지요.

구영식은 고향에 돌아오자마자 홀아버지가 운영하는 돼지 도축장에서 일했습니다. 몇 달 뒤, 부친상을 치르고 구영식은 혼자가 되었습니다. 마을 사람들은 구영식을 안타까워했습니다. 엄마를 잃고, 언니에게 배신당하고, 아버지에게는 매 맞으며, 배곯아가며 사는 나보다 아버지가 죽어서 건사할 가족이 없는 데다 유산으로 버젓한 사업장을 받은 구영식의 처지가 왜 그리 가엾게 보였는지 의문이었습니다.

"나이 사십 다 된 남자는 혼자 살면 안 되는 겨. 여편네가 지어주는 뜨슨 밥 먹으면서 살아야 하는 겨."

마을 사람들 중에서도 유독 구영식을 챙긴 사람은 우리 아버지였습니다. 아버지에게는 이유가 있었습니다. 엄마가 죽고 아버지는 여러 번 재혼을 시도했지만, 다 큰 딸과 사는 늙고 가난한 남자와 함께 살아줄 여자는 없었습니다. 당신의 재혼은 텄다고 생각했는지 아버지는 나를 시집 보내기로 마음먹었습니다. 네, 맞습니다. 구영식과 나를 짝지어 주었지요. 그때는 나도 자포자기의 심정이었습니다. 엄마가 생전에 열심히 가꾸던 옥수수밭은 끝났고, 새 농사를 시작하기에는 여력이 없었지요. 구영식의 집 마당에 마을 사람들을 초대해 수육을 삶아 먹이는 것으로 결혼식을 대체했습니다. 수육에 김치를 얹어 내게 먹여주는 구영식을 보며 생긴 건 그리 잘나지 않았지만, 착한 사람 같다고 생각했는데.

구영식과의 첫날밤은 끔찍했습니다. 구영식은 짐승이었습니다. 다음 날 흠씬 얻어맞은 것 같은 통증을 느끼며 눈을 떴을 때, 가랑이 사이로 털과 살점이 뜯겨나간 음부와 마주했습니다. 그로부터 며칠간 소변을 볼 때마다 통증을 느꼈습니다. 구영식에게 나는 자신이 키우던 돼지들과 다를 바 없었습니다. 돼지들이 교배하는 것을 목격하는 날이면, 구영식은 나에게 달려들었습니다. 나는 구영식에게 제발 물어뜯지 말아달라고 빌지 않았습니다. 짐승에게 살려달라고 비는 인간은 없으니까요. 아버지에게 도움을 청하지도 않았습니다. 아버지는 구영식이 챙겨주는 용돈으로 여자를 만나거나 도박을 하기 바빴습니다. 한번은 아버지가 그런 말을 하더군요. 영식이가 너한테 아직 믿음이 없는 거라고, 여편네한테 믿음이 생겨야 남편 주머니에서 돈이 나오는 법이라고. 아버지는 알고 있었을까요. 동네 아저씨들하고 맛있게 나눠 먹었던 통돼지 구이가, 날 때부터 엄마 젖을 빨지 못해 내가 내내 품고 우유를 먹여 키웠던 돼지라는 것을. 춘춘이란 이름까지 지어주며 예쁘게 키웠다는 것을. 내가 춘춘이를 아낀다는 것을 알면서도 구영식은 내 눈앞에서 춘춘이의 멱을 땄다는 것을. 정을 줬기에, 춘춘이와 다른 돼지들의 명이 다르다고 생각한 것은 아니었습니다. 구영식은 말입니다. 싫다는 나를 도축장으로 끌고 갔습니다. 나를 보고는 엉덩이를 흔들며 반가워하는 춘춘이의 분홍빛 배에 칼을 쑤셔 넣었습니다. 구영식은 엄마를 괴롭힌 할머니보다, 술과 도박에 빠진 아버지보다 더 악질이었습니다.

어느 밤. 나는 구영식의 국에 수면제를 탔습니다. 구영식은 밥을 먹으면서도 욕구를 자제하지 못하고 내 가슴을 움켜쥐었다가, 그대로 잠이 들었습니다. 나는 구영식의 지갑에서 현금 몇 푼을 꺼내 집을 나왔습니다. 못내 마음에 걸렸던 아버지에게는 자리 잡히면 연락하겠다는 말을 남겨두고서요(그때 아버지와도 연을 끊어야 했지만요). 무작정 서울역에 내린 후, 닥치는 대로 일을 했습니다. 서울살이가 녹록지 않았지만, 옥수수밭의 뙤약볕과 돼지 농장의 구린내에 비하면 다 참을 만했습니다. 서울에서 나는 적어도 노동하는 '인간'이었습니다. 구영식이 나오는 악몽을 종종 꾸었지만, 엠마트 정육 코너에서 일하게 되면서부터는 잠잠해졌습니다. 어찌됐든 구영식에게 어깨너머 배운 도축 기술 덕분에 엠마트 정직원이 된 것이니까요.

언니를 다시 만난 것은 석 달 전이었습니다.

내게 변비약을 먹이고, 나 대신 서울로 간 언니는 상경 이 년 차까지는 드문드문 고향집을 찾아왔다가, 안부 전화를 넣었다가 어느 샌가 소식이 뜸해졌습니다. 아버지를 닦달해도 나올 돈이 없다는 것을 깨달았을 테지요. 게다가 동생인 나는 언니에게 당한 것이 분해서 만날 때마다 날을 세워댔으니까요. 나는 언니와 서로 모른 척 사는 편이 낫다고 생각했습니다. 그건 언니도 같은 생각이었을 겁니다. 언니는 전문대를 졸업할 시기가 한참 지난 뒤에도, 엄마의 5주기가 다가와도 고향집에 내려오지 않았습니다. 언니를 배은망덕한 년이라고 욕하던 아버지가 술에 취한 채 언니에게 전화를 한 적이 있었는데, 바뀐 번호로 나왔습니다. 딸이니, 언니니, 찾으려면 찾았겠지만 아버지도 나도 언니를 찾지 않았습니다.

마흔두 살이 되도록 언니가 어디선가 살아 있겠거니, 생각하며 지냈습니다. 나는 세준의 네임드 홈마로서 최선을 다하기 위해 생업에도 열중했습니다. 텃세를 견디고 나니 엠마트 사람들도 점차 나를 일원으로 대해주었고, 자칫 어색해질 뻔했던 유근호 점장님과도 좋은 동료로 지내고 있었습니다. 마흔두 해 동안 마음이 이리도 평온한 적이 있었나 싶었습니다.

"얼씨구? 아줌마, 당신이 직접 와서 돈 빌려갔잖아. 정연희, 당신 맞잖아."

불법 채권 추심단이 엠마트 정육 코너에 들이닥쳤습니다. 손질 중이던 육회를 맨손으로 한 움큼 집어먹은 남자가 대장인 듯, 제일 험하고 못되게 굴었습니다. 그들이 내민 주민등록증은 내 것이었습니다. 스무 살이 되기 전에 발급받은, 열아홉 살의 앳된 내 얼굴이었습니다. 그것을 언제 분실했나, 생각도 나질 않았습니다. 그것을 보고서도 대체 저 폭력배 같은 남자들 손에 내 오래된 주민등록증이 있는 이유를, 그 영문을 몰랐습니다. 유근호 점장님이 남자들과 내 사이에 서 주었습니다. 남자들은 유근호 점장님에게 핸드폰 화면을 들이밀었습니다. 나와 비슷한 모습의 여자가 사무실에 앉아 있는, CCTV 캡처본이었습니다.

"아저씨, 아저씨가 보기에도 이 사진 속 여자가 저 아줌마 맞잖아."

유근호 점장님은 고개를 갸우뚱했습니다.

"비슷하긴 한데, 글쎄요. 사진 속 여자 분이 살짝 살집이 더 있으신 것 같은데. 저기요, 누군가 명의를 도용했을 수도 있잖습니까."

남자들은 비웃었습니다.

"장난하나. 이보세요, 아저씨. 저 아줌마 정연희 씨는요, 원래 신규 고객이라 천 이상 못 빌려주는데, 하도 사정사정을 해서 이천까지 땡겨줬다고. 큰 마트 정직원이라고 수입, 신원 다 확실하다고 그렇게 장담을 하더니만 이제 와서 쌩깐다고?"

유근호 점장님이 난처하다는 듯 나를 쳐다보았습니다. 나는 어떤 말도 할 수 없었습니다. 그때는 나 역시 아는 것이 없었으니까요.

내가 언니보다 공부 머리는 있었을지언정 훨씬 멍청했다는 것을 인정합니다. 상경 후 자리를 잡은 나는 자식 된 도리를 하기로 했습니다. 나와 언니는 다르다는 것을 아버지도, 세상도 아닌 나에게 보여주고 싶었던 것일지도 모르겠습니다. 아버지에게 간간이 용돈을 보내주며 그의 생사를 확인했습니다. 그 당시 구영식은 내가 집을 나오고, 여자에게 버림받은 놈이라는 소리를 듣는 것에 자존심 상했는지 도축장을 팔아버리고 떠났다고 들었습니다.

불법 채권 추심단이 엠마트로 찾아오고 난 직후, 아버지로

부터 연락을 받았습니다. 언니가 거의 이십 년 만에 고향집에 연락을 해와서는, 아버지와 내 안부를 물었다는 것이었습니다. 언니는 아버지한테 그동안 없는 사람처럼 지내서 미안하다며, 아버지와 내게 한우를 보내주겠다고 말했답니다. 아버지는 언니에게 내 핸드폰 번호와 집 주소를 알려주었습니다. 평소 의심 많던 아버지도 배은망덕한 딸년이 철이 들었나 보다 쉽게 생각했던 것이지요. 아버지 성질도 보통은 아니라 언니에게 두어 마디 욕은 해준 것 같지만요.

언니는 아버지가 알려준 우리 집으로 나를 보러 왔을까요. 그랬을 겁니다. 우리 집 앞까지 왔다가 출근하는 나를 쫓았을 수도요. 엠마트 직원 조끼를 입은 나를 봤을 수도요.

유근호 점장님의 말대로 언니는 나보다 좀 더 살집이 있었지만, 마흔두 살이 된 우리 자매는 누가 봐도 쌍둥이처럼 늙어가고 있었나 봅니다. 열아홉 살때의 언니가 무슨 선견지명이 있어서 내 첫 주민등록증을 갖고 있었는지는 모르겠지만, 주소와 직장까지 알아냈으니 내 명의로 사채를 쓰는 것은 어렵지 않았을 겁니다.

나는 아버지가 가르쳐준 언니의 핸드폰 번호를 구글링했습니다. 처음에는 주민등록등본을 떼서 언니의 거처를 알아내려 했지만 지문 인식이 걸리더군요. 아무리 쌍둥이라도 지문은 다르니까요.

언니의 핸드폰 번호는 서울 목동에 있는 엔젤 독 그루밍 숍의 예약 문의 번호였습니다.

그곳에서 언니를 기다렸다가 뒤를 밟았습니다. 신정동의 오래된 반지하 집에 쫓아 들어갔습니다. 언니가 도어 록 비밀번호를 누르고 문을 열었을 때, 나는 잽싸게 그 문을 잡았습니다.

"오랜만이야, 연미 언니."

지세준

창식이는 그동안 조사했던 자료를 넘기고는 발을 뺐다. 심부름센터 직원부터 시작해 흥신소 대표가 되는 동안 자신이 배운 것은, 불길한 느낌이 드는 순간 그 케이스를 그만두는 것이라 했다. 창식이에게 불륜은 일상이었지만, 자살이나 사채는 얘기가 달랐다.

"죽은 동생, 그 여자가 네 직캠 찍은 팬이냐?"

창식이가 주고 간 자료들을 찬찬히 살펴본다. 정연미의 쌍둥이 동생 정연희의 사인은 번개탄으로 인한 질식사다. 사채빚이 불어나자 견디지 못하고 극단적인 선택을 한 것인데. 빚쟁이들이 직장이었던 마트까지 찾아와 소란을 피우는 바람에 일을 그만두고, 언니 정연미의 집에서 지내다 정연미가 외출

한 사이 번개탄을 피워 자살한 것으로 보인다. 특이 사항은 하나. 죽은 정연희가 사채를 쓴 이유는 좋아하는 연예인을 따라다니느라, 그 비용을 충당하기 위해서라는 것. 정연희의 소지품 중에 고급 사양의 카메라가 있었고, 그에 대해 언니 정연미에게 문자 아이돌이라도 따라다닌 모양이라고 증언했다는 것.

정연희가 사채까지 쓸 정도로 지세준 덕질에 미쳐 있었고, 빚을 감당하지 못해 극단적인 선택을 했다고 가정해보자. 정연희가 죽은 것은 두 달 전이다. 그 이후로도 나는 팬싸에서 연희정을 만났고, 문자메시지도 여러 번 받았다. 그때의 연희정을 정연미라고 한다면. 정연미, 정연희 두 자매는 함께 덕질을 한 것인가. 나는 쌍둥이 자매에게 사랑받는 최애였던 것인가. 정연미는 동생 정연희가 자살한 직후에도 지세준을 쫓아다닌 것인가. 정연희의 사망일로부터 일주일 후에 내 코엑스 팬싸가 있지 않았던가. 그때도 정갈한 막스마라 원피스 차림으로 나를 보러왔던 연희정인데. 세상에 어떤 사람이 가족이 죽은 지 일주일 만에 자신의 최애를 보러 꽃단장을 하고 온단 말인가. 원수만큼 끔찍한 가족이라면 모를까. 그날 코엑스 팬싸에서 (정연미로 추정되는) 연희정은 홈마 네임이 아닌 'to. 정연희'로 적어달라고 하지 않았던가. 죽은 동생을 위해, 동생의 최애에게, 동생의 이름으로 사인을 받은 것인가.

"너한테 정연미가 마트 직원이었다는 얘기 듣고, 그루밍 숍 관두고 마트로 이직했나 싶었는데. 아니었어. 마트에서 근무했던 건 동생 정연희였어. 그 자살했다는 동생……."

홈마 연희정은 엠마트 직캠을 찍었고, 그때부터 계속 내 덕질을 해왔다. 정연희는 죽었으니 현재 상황으로는 홈마 연희정은 곧 정연미인데, 엠마트 직캠을 찍은 이는 죽은 정연희인 것이다. 아무리 생각해봐도 쌍둥이 자매는 홈마 연희정의 이름을 달고 함께 덕질을 했다는 결론밖에 나오지 않는다.

……그동안 내가 만난 것은 한 사람이다. 연희정이라는 홈마, 그 한 사람뿐이다. 아무리 얼굴이 닮은 쌍둥이 자매라고 해도, 두 사람을 한 사람으로 착각할 정도로 내 눈썰미가 없지는 않다. 엠마트 유니폼을 입고 내 이름을 물어보던 여자와, 막스마라 원피스를 차려입은 여자는 같은 눈빛을 하고 있었는데.

좋다. 내 눈이 틀렸다 치고, 가정을 계속해보자.

엠마트 직원 정연희는 지세준 인생 직캠을 찍었고, 그것을 연희정이라는 이름으로 제 트위터 계정에 올렸다. 직캠이 대박 난 이후로 현장을 뛴 것은 언니 정연미, 막스마라 여사. 이유는 모르겠지만 정연희는 엠마트 직캠 후로 샤이 덕후가 되었다. 2인 1조로, 홈마 연희정 활동을 한 정연미와 정연희.

창식이한테 전화를 건다. 현재 가장 궁금한 것을 묻는다.

"정연희가 죽기 전까지 자매들 사이가 좋았나 봐? 같이 살았다는 것도 그렇고."

창식이가 한숨을 쉰다.

"대체 무슨 일이 있는 거냐, 너."

"⋯⋯."

"그루밍 숍 대표 말로는, 정연미가 가족하고 거의 왕래가 없는 것 같았다는데. 적어도 자기랑 일하는 동안만큼은. 경찰조사에서 정연미 본인도 동생 정연희가 최근에야 자기 집에 얹혀 살게 됐다고 했고. 둘 사이가 그다지 좋진 않았던 것 같아."

지금 상황에서 가장 합리적이었던 가정이 어긋난다.

"야, 세준아. 새끼야, 뭔 일인지 모르지만 그만 파라. 귀찮은 일에 엮이지 말고. 너 사진 찍고 다닐 때도 내가 뭐라고 했냐. 불륜 외에 특이점 발견되면 걍 관두라고, 더 쫓지 말라고 그랬지. 그 탐정놀이 꼭 해야 하는 거 아니면 접어둬라. 이쪽 장사 십 년 동안 한 내 충고다."

나는 가볍게 웃으며 알겠다 말하고 끊는다. 이제 뭘 어째야 하나 싶은데. 갑자기 카톡에 불이 난다. 캐치콜은 열 개가 넘게 들어와 있다. 모두 매니저 누나와 경 대표의 전화다.

연희정

　연미 언니는 나를 보자마자 경악했습니다.

　이십여 년 전, 열아홉 살의 나는 단지 가족이라는 이유로 언니를 믿었습니다. 언니가 건넨 보온병의 깨죽을 아무 의심 없이 먹었습니다. 언니는 내가 여전히 어리고 바보 같은 소녀인 줄 알았나봅니다. 저나 나나 같은 날 태어나 같이 나이를 먹은 것인데, 내가 저만큼이나 억척 맞은 아줌마가 되어 있으리라는 생각을 못 한 것일까요.

　언니는 나에게 사과를 하는 대신 하소연을 했습니다. 자기가 처한 상황을 말했습니다. 로맨스 스캠. 언론에서도 여러 번 다루었던 이슈였지요.

　'외로움'이란 인간의 가장 나약한 본성입니다. 인간은 끊임

없이 외로워하고, 외로움을 느끼는 자신을 부끄러워합니다. 외롭다는 감정을 받아들이지 못하고, 그 외로움에 몸서리치는 자신을 미워하지요. 내 곁에 누가 있으나 없으나 우리의 마음속에는 외로움이 늘 내재되어 있습니다. 외로움은 말이죠, 속이 비면 느끼는 배고픔만큼이나 당연한 것입니다. 자연스러운 것입니다. 그렇지만 사람들은 배가 고파 음식을 찾는 자신은 인정하면서도, 외로워서 사람을 찾는 자신의 모습은 모른 척합니다.

로맨스 스캠은 외로움을 느끼는 자신을 부정하는 사람들의 심리를 갖고 놉니다. 외로움을 부정하는 사람일수록 사랑과 사람에 상처받은 이들이지만, 그들의 마음을 사로잡는 것은 의외로 간단합니다.

연미 언니만 해도 그렇습니다. 언니는 미용과를 졸업한 후, 미용실 여러 곳을 전전하며 애썼지만 서울 전역에 미용사가 공급과다된 상황에서 자리를 잡기란 쉽지 않았습니다. 언니의 사정이 나아지기 시작한 것은 동료 미용사가 강아지 그루밍을 배운다고 하여 따라다녔을 때부터입니다. 반려동물 시장이 막 성장하기 시작하던 무렵, 그루머가 된 언니는 사람의 머리를 만질 때는 할 수 없던 저축을 강아지 털을 다듬으며 하게 되었습니다. 엔젤 독 그루밍 숍에서 일한 지 N년 차, 언니는 조금만 더 버티면 반지하 빌라에서 벗어날 수 있을 것이라 생각했습니다. (믿을 만한 말인지는 모르겠지만) 번듯한 집으로 아니, 적어도 지상의 집으로 옮기면 그때는 고향의 가족을 초대하리라 마음먹었습니다.

그즈음 언니는 인스타그램 @groomer_yeonmi의 계정으로 한 디엠을 받았습니다. 그는 일 년 전, 포메라니안의 커트를 맡긴 사람이라고 자신을 소개했지요. 두 번 정도 미용을 받다가 이사를 가게 되었다고요. 일 년 전, 포메, 남자 보호자. 언니는 얼른 자신의 계정에 업로드했던 강아지 손님들의 사진을 살펴보았습니다. 스크롤을 한참 내리자 곰돌이 커트를 한 세이블 포메라니안 쥬쥬가 나타났습니다. 언니는 쥬쥬를 찾자마자 기분이 좋아졌습니다. 쥬쥬 보호자의 외모가 번듯했던 것이 기억났거든요. 쥬쥬 보호자의 이름은 김건창. 김건창 씨는 포메라니안에게 흔히 발생하는 알로페시아 탈모가 쥬쥬에게도 생겨 고민이라며 언니에게 상담했습니다. 언니는 도움이 될 제품들과 민간요법을 성의껏 알려주었습니다. 그 뒤로 김건창 씨는 쥬쥬의 상태를 틈틈이 보고했습니다. 쥬쥬의 목덜미 부분에 털이 차오르는 사진도 보내주었고요. 쥬쥬는 한 달만에 알로페시아 탈모를 극복했습니다. 여기서 언니는 잠깐 갸우뚱하기는 했습니다. 알로페시아 탈모는 한 번 발생하면 몇 년을 공들여야 회복되는 것이었거든요. 깊게 생각하지는 않았습니다. 별별 신기한 일이 일어나는 것이 이 세상인데, 강아지 탈모가 한 달 만에 치유되는 것이 뭐 대단한 일이라고요.

언니는 김건창 씨와 나눈 디엠을 돌이켜봤습니다. 그동안 김건창 씨는 정연미에게 관심을 보여왔습니다. 정연미의 출근, 정연미의 식사, 정연미의 퇴근, 정연미의 안부를 궁금해했습니다. 정연미가 보낸 셀카를 보며 미모를 극찬했습니다. 정연미는, 언니는 두근거렸습니다. 김건창 씨가 자신에게 호감이 있는 것 같았으니까요.

여기까지 언니의 얘기를 들은 나는 서글퍼졌습니다. 우리 쌍둥이 자매는 왜, 제대로 된 사랑 한 번 하지 못하고 불혹을 넘긴 여자가 되었나. 외로움을 부정하고 부정하다가 끝내 멍청해지고 말았나 하고요.

언니는 김건창 씨와 매일 밤 통화했고, 대화를 나눴습니다. 김건창 씨가 서울 삼성동에 도그 케어 숍을 차리자는 제안을 했을 때는 기뻤습니다. 강남 상권임에도 권리금이 적고 월세도 저렴하다는 말을 믿었습니다. 김건창 씨는 창업을 하면 보증금과 월세는 자신이 감당할 테니, 언니에게는 권리금 오천만 원만 마련해보라고 했습니다. 언니는 권리금 오천만 원의 삼성동 1층 상가가 제게 온 두 번째 행운 같았습니다. 첫 번째 행운은 김건창 씨를 알게 된 것이었고요.

언니는 수중에 돈 이천만 원이 있었습니다. 나머지 삼천만
원을 어디서 변통할까 고민하다가, 숍을 차리기만 하면 대출
이자 내는 것은 일도 아니라던 김건창 씨의 말을 떠올렸습니
다. 신용대출을 받아 삼천만 원을 채웠습니다. 그렇게 그 돈을
김건창 씨에게 건넸습니다.

이제 우리 함께 행복해질 일만 남았어요.

언니는 김건창 씨의 말에 설렜습니다. 김건창 씨의 말을 믿
었습니다.

마지막 대화를 나눈 다음 날, 김건창 씨의 프로필은 '알 수
없음'으로 떴습니다. 언니는 김건창 씨를 찾을 방법이 없었습
니다. 뒤늦게 경찰에 신고를 해보았지만.

"로맨스 스캠 당하셨네요."

"그게 뭔데요?"

"뭐, 예전으로 치면 혼인 빙자 사기 같은 건데."

"사기라뇨. 영상통화도 했는데요."

"악질이네요. 딥페이크까지 동원하다니."

"딥…… 그건 또 뭔데요?"

쥬쥬의 진짜 보호자가 김건창 씨와는 전혀 다르게 생긴 남자라는 것을 알게 됐을 때, 그제야 언니는 자신이 사기당했다는 것을 깨달았습니다. 대출금 삼천만 원의 이자는 감당할 수 없을 만큼 불어났습니다. 제1금융권을 통해 빌린 돈이라, 영화에서나 나올 법한 조직폭력배들이 찾아와 겁박하는 일은 없을 거라 생각했는데, 빚쟁이들의 악독함은 어디든 같았습니다. 광고에서는 고객 여러분을 평생 보살피겠다고 말하던 은행도 다를 바 없었습니다. 거친 사내들은 반지하 집을 찾아와 난장을 쳤습니다. 그제야 정신을 차린 언니는 살 방법을 궁리했습니다. 그러다 언니 같은 사람들이 모인 커뮤니티에서 글을 하나 보았습니다.

카드는 카드로, 사채는 사채로, 빚은 빚으로 막는다.

언니는 머리를 굴렸습니다. 자기 명의로 더 이상 빚을 만들 순 없었습니다. 그 순간 나, 정연희를 떠올린 것이었습니다.

"연희 너, 내 야구 점퍼 몰래 입고 다녔지? 거기에 네 민증이 있었어. 아무리 그래도 동생 얼굴이 박힌 민증을 버릴 순 없어서 갖고 있었거든."

언니는 아버지를 통해 내 집 주소를 알아내고, 후에 내가 엠마트 직원이라는 것까지 알아냈습니다. 제1금융권에서 더 이상 대출을 받을 수는 없었으므로 사채를 택했습니다. 사채업자들에게 내 주민등록증을 내밀며 이천만 원을 빌렸습니다. 주민등록증 속 열아홉 살 정연희의 이목구비는 마흔두 살 정연미의 그것과 닮아 있었습니다. 이 사람, 주민등록증을 한 번도 잃어버리지 않았나 보다 그렇게 생각할 정도로요.

"연희 너, 모아둔 돈 좀 있지?"

모든 것을 털어놓은 언니는 더 뻔뻔해졌습니다. 불법 채권 추심단은 계속 엠마트로 찾아와 나를 괴롭혔고요. 결국 나는 권고사직을 당했습니다. 유근호 점장님이 해고만큼은 막아보려 사장인 자기 누나를 설득하려 했지만, 그 마음은 고마웠지만 나는 엠마트에서 버틸 수 없었습니다.

엠마트 정직원이 되고 세준을 만나 안락해졌던 나는 또다시 주저앉았습니다.

언니가 함께 빚을 갚자고, 미안하다는 한마디만 했어도 나는 언니를 용서했을 것입니다. 자신을 바라보는 강아지들의 순한 눈망울만 보고 살았던 언니가 얼마나 외로웠을지를 이해했습니다. 그런 언니가 형체를 알 수 없는 상대에게 속아 넘어간 것이 불쌍했습니다. 언니가 그동안 자신이 미치도록 외로웠다는 것을 인정하고 도와달라고 말했다면, 나는 언니와 함께 빚을 다 갚아낼 수도 있었을 겁니다. 전셋집 보증금까지 빼서 이자만 겨우 갚고, 할 수 없이 언니가 사는 반지하방으로 들어갔을 때, 언니가 미안하다는 한마디만 해줬어도 말입니다.

"연희, 넌 아줌마가 다 돼서도 어쩜 그렇게 순진하니."

그 말을 듣고도 나는 참았습니다만, 세준을 담아내는 카메라를 언니가 중고 마켓에 내놓았다는 것을 알았을 때는 화가 치솟았습니다. 카메라는 세준과 나를 이어주는 존재였습니다. 홈마는 카메라 없이 활동할 수 없습니다. 카메라가 없으면 세준과 나는 멀어지고 말 테니까요.

나는 잠든 언니를 보며, 저 사람이 영원히 잠들면 좋겠다고 바랐습니다.

지세준

1

사내에서 위기관리 팀 팀장과 막내의 관계를 알았던 사람은 아무도 없다. 나는 회사를 다녀본 적은 없지만, 사내 연애라는 것은 사무실의 복사기마저도 알고 있는 공공연한 비밀이 아니던가. 팀장과 막내는 어떻게 그 누구에게도 들키지 않고 만남을 유지할 수 있었던 것일까.

"일할 때는 서로 정말 미워했거든요. 일하면서 오늘은 쟤랑 헤어져야지 맘먹은 게 한두 날이 아닙니다. 저런 MZ 빡대가리하고 나는 왜 연애까지 하고 있나 현타가 온 게 한두 번이 아니라구요."

팀장은 막내에게 여러 번 이별을 고하려고 했지만, 퇴근 후 막내를 부하 직원이 아닌 애인으로 만날 때면 행복했다고 한다. 퇴근만 하면 막내가 MZ 빡대가리가 아닌 어리고, 사랑스럽고, 귀여운 연인으로 느껴졌다고 한다. 아내와 오래 별거 중이어서 언젠가 이혼하고 막내와 같이 살게 되지 않을까 하는 꿈까지 꾸었다고 한다. 문제는 사람의 마음이란 본인조차 가늠하기 어려울 때가 있다는 것. 장모가 최근 타계하여, 아내를 위로해주다 보니 몸과 마음이 가까워져버린 것이다.

"아내하고는 사는 내내 서로를 잡아먹듯이 몰아세웠는데, 한순간에 서로를 다시 원하게 될 줄은 몰랐죠. 나도 혼란스러웠다구요."

별거 중인 아내와 애인 사이를 저울질할 수도 있다. 콩나물 한 봉지를 사더라도 가격 비교를 하는 마당에 반려자를 선택할 때도 비교 선택을 할 수 있다고는 생각한다. 다만, 저울질당하는 대상에게 그것을 들키는 것은 기만 아닌가? 세상 어떤 사람이 저울 위에 올라가고 싶을까.

막내가 한 짓에는 화가 나지만, 막내의 기분을 이해한다. 팀장의 아내가 반찬을 싸서 집에 들어섰을 때, 팀장을 기다리며 스파게티를 만들고 있던 막내의 기분을 이해한다. N년간의 연애와 근무 끝에 되도록 많은 것을 갖고 떠나고 싶었을 그 마음을 이해한다.

막내는 팀장의 노트북에서 해명 녹음 파일에 대한 비밀 유지 각서를 발견했다. 막내는 팀장과 딜을 할 필요가 없었다. 그 비밀 유지 각서를 대형 연예 매체에 팔면 훨씬 남는 장사였으니까. 막내는 야무졌다. 기자에게 린아 폭행 사건에 대한 보도 자료 파일을 보내려다 실수로 비밀 유지 각서를 껴 넣었다고 주장했다. 팀장은 막내에게 보도자료 송부를 요청한 적이 없다고 펄펄 뛰었다.

"저라고 실수를 하고 싶어서 한 줄 아세요? 그리고 싶어서 그랬겠냐구요. 상황이 그렇게 된 걸 왜 제 탓만 하냐구요."

막내는 내 앞에서 펑펑 울었다. 그 모습을 보며 막내가 '실수'를 하게끔 만든 모종의 이유가 있을 거라 생각했다. 그리고 대면한 팀장의 입에서 '치정'의 이야기가 나온 것이다.

지세준은 치정 때문에 추락한다.

하…… 이건 내 잘못이 아니지 않나.

아니다. 생각을 고쳐먹자. 처음부터 거짓말을 하지 않았으면, 남의 연애고 치정이고 뭐고 탓할 필요도 없다. 팬들의 마음을 달래기 위해서, 광고 위약금을 물지 않기 위해서 거짓말을 했고 그 대가를 생각보다 빨리 치르게 된 것이다. 비밀 유지 각서 따위 눈 가리고 아웅 하는 짓이라고 생각하면서도 거짓말을 한 것이니, 최악의 상황이 벌어진 것이 그다지 놀랍지 않다.

나를 힘들게 만드는 것은 거짓말을 한 과거에 대한 후회가 아니다. 인기 가수 지세준의 삶이 무너지면, 프리미엄 실버타운의 우수 입주자 양숙형 할머니의 삶도 무너진다. 나는 여전히 그게 제일 무섭다. 지세준이 추락하는 것은 어떻게든 견뎌보겠지만, 우리 양숙형 할머니는 털끝 하나 다치게 하고 싶지 않다. 그러기 위해서는 연희정이 필요하다. 연희정의 촬영본이 필요하다.

위기관리 팀 팀장이 제발 해고만은 하지 말아달라며 경 대표 앞에 무릎 꿇은 것을 보고, 사무실에서 나와 차에 오른다. 집에 가는 동안 매니저 누나에게 연희정에 대해 조사한 것들을 말해준다.

"혼주처럼 드레시한 원피스에, 쪽진 머리하고 왔을 때부터 알아봤다니까. 정연미든, 정연희든, 둘 다든 연희정은 또라이야. 홈마인 척 하는 사생, 그 이상이라니까."

해명 녹음 파일이 가짜라는 것을 들켰으니 마지막 돌파구는 연희정의 촬영본밖에 없다. 이렇게 된 이상 린아가 핸드폰을 분실해서 조작된 녹음 파일을 공개할 수밖에 없었던 상황부터, 알고보니 연희정이 대야미 영상을 찍었다는 사실까지 구구절절 설명할 수밖에 없다. 이것마저 거짓이 되지 않으려면

연희정을 만나야 한다. 연희정이 홈마 계정에 대야미 영상을
직접 업로드하도록 하고, '권위 있는 홈마'로서 그날의 지세준
이 얼마나 결백한지에 대한 코멘트를 남기도록 해야 한다. 우
리 집에 무단침입하게 된 까닭은 어떻게든 변명이 될 수 있을
것이다. 지세준의 진실을 밝히기 위해, 오명을 벗기기 위해, 팬
덤 안의 '공익'을 위해 행동하는 홈마 연희정은 어떻게든 면죄
부를 받을 수 있을 것이다.

매니저 누나에게 얼마 전 연희정이 보낸 마지막 문자메시지
를 보여준다.

> 꿈같은 얘기지만 말야.
> 오늘 하루 고되다 싶은 날, 그런 날,
> 세준이 니가 나를 찾아온다면 얼마나 좋을까.

연희정이 원하는 바를 먼저 실현시켜주기로 한다. 연희정을
위한 드라마. 연희정을 최애와 연애하는 로맨스 소설의 주인
공으로 만들어주기로 한다. 연희정이 누구든, 그게 누구든.

매니저 누나는 유턴 신호를 받아 차를 돌린다.

"바로 부딪쳐보자고."

2

창식이가 가르쳐준 연희정의 집 주소로 찾아간다.

공동 현관문은 잠겨 있다. 호출을 열 번 넘게 했는데도 답이 없다. 매니저 누나는 반지하방의 방범창을 뜯을 기세다. 누나를 말리려다가 달리 방법이 있나 싶어진다.

린아와의 스캔들이 터진 이후 나를 담당하던 스태프 대부분이 기대주인 최영광 쪽으로 팀을 옮기고 싶어 했다는 것을 알고 있다. 연예계의 불문율. 흥하는 건 하세월이어도 망하는 건 찰나라는 것. 엔터 업계에서 몇 년 있다 보면 내 담당 아티스트가 끝물인지 아닌지 보인다. 어쩌면 회사 사람들은 처음부터 지세준을 반짝스타라고 여겨왔을지도 모른다. 경 대표부터가 소속 연예인 단물만 빼먹고 팽하기의 달인이니까. 야구 광팬인 경 대표의 명언…….

늙은 투수는 기회를 얻어도,

한물간 연예인은 그냥 한물간 연예인이다.

뭔 소리래. 본인이 의리 없는 인간인 것을 포장하고 싶었나 보다……. 내가 무슨 말을 하려고 했냐면, 경 엔터 사람들 대부분이 이제 지세준의 시대는 가고 최영광의 시대로 접어들었다고 생각했음에도 매니저 누나는 제자리를 지켰다는 것이다. 최영광 측에서 컨택이 있었음에도 매니저 누나는 그쪽으로 옮기지 않았다. 누나의 말인즉슨, 내 아티스트에게 조그만 흠결이 생길 때마다 자리를 옮겨 다니는 매니저는 결국 신뢰를 잃는 법이라고 했다. 매니저 누나는 멀리 내다보는 사람이다. 지세준의 인기가 얼마나 갈지 불확실한 건 누나도 마찬가지겠지만, 절벽에 매달려 있는 지세준을 모른 척하는 사람은 아니다.

매니저 누나의 거친 손길에 방범창 한쪽이 뜯긴다. 저거, 경비 처리되나 싶은데 매니저 누나는 머리부터 들이민다.

"계세요? 저기, 연……희정 씨?"

매니저 누나가 헉, 하고 코를 막는다. 누나를 따라 안을 들여다보던 나도 재빨리 코를 막는다.

"조용한 반지하방에 코를 찌르는 구린내는 넘 클리셰 아니냐."

매니저 누나는 농담하며 핸드폰 플래시로 집 안을 비춘다. 빛이 든 집 안은 역시나 클리셰다. 온통 난장이 나 있다. 나와 매니저 누나는 동시에 서로를 쳐다본다. 내가 고개를 끄덕이자, 누나가 먼저 창문을 넘는다. 나도 그 뒤를 따른다.

집은 방 하나에 부엌이 딸린 거실의 구조다. 방문은 닫혀 있고 거실은 발 디딜 틈이 없다. 물건들은 모두 버림받은 것처럼 널려 있다. 옷 무덤부터, 원목 스타일의 시트지가 벗겨진 합판 가구들, 용도에 맞지 않게 자리한 생활용품들까지. 야반도주라면, 몸만 나갔을 뿐 물건을 거의 챙겨나가지 못한 것 같다.

언젠가 비슷한 광경을 목격한 적이 있다. 〈인간극장〉에 출연한 이후로 유명세를 타게 된 나를 앞세워 뭔가 해보겠다며, 할머니가 부재한 틈을 타 나를 데려갔던 엄마. 엄마가 살던 집도 반지하방이었다. 시골의 맑은 공기만 마시다 온 나는 서울의 퀴퀴한 반지하방에 들어간 지 이틀 만에 기관지염이 생겼다. 그날은 엄마가 내게 먹인 약기운에 취해 자고 있었다. 무언가 큰 소리를 듣고 비몽사몽 한 채 눈을 떴을 때, 온 집 안이 뒤집혀 있었다. 엄마는 사라져 있었다.

연희정도 야반도주를 한 것일까.

지겹다. 무언가로부터 도망치는 여자들, 무언가를 숨기고 사는 여자들이.

엄마도, 린아도,

연희정도.

매니저 누나는 옷 무덤 속에서 블라우스 하나를 집어 든다. 막스마라 실크 블라우스다. 이제 실감이 난다. 여기가 연희정의 집이구나 싶어진다. 매니저 누나가 혀를 찬다.

"막스마라 여사님 실체가 불우이웃이었다니. 서글프다, 서글퍼."

닫힌 방문을 열어본다. 왠지 불길하다고, 그냥 다시 닫을까 하는 생각이 스치는 순간 구역질을 한다. 차에서 먹었던 단백질 바가 목구멍을 타고 올라오는 것 같다.

"구린내 근원이 여기였네."

매니저 누나는 혀를 차면서도 주머니에서 손수건을 꺼내 죽은 쥐 위로 덮는다. 나는 겨우 정신을 차리고 방 안을 둘러본다. 방구석에서 쥐구멍을 찾는다. 이대로는 무리다. 구린내에 질식할 것 같다.

"누나, 수습할 것 좀 사올게. 담배도 땡기고."

"그래. 난 집 좀 뒤져보고 있어야겠다."

매니저 누나는 주머니에서 사탕 껍질을 꺼내 반으로 조각낸다. 코를 틀어막는다.

"박하 냄새랑 섞인다. 훨 낫네."

그 모습에 잠시 웃음이 난다. 다시 창문을 넘어가긴 싫으므로 현관문으로 향한다. 문고리를 잡는 순간, 도어 록 비밀번호를 누르는 소리가 들린다. 등줄기가 곤두선다. 이 찰나에 무엇을 할 수 있을까. 문이 열린다. 서서히 열리는 문틈으로 보이는 제복, 경찰이다.

"지……세준 씨?"

하…….

좆 됐네.

민성연

　나보고 드세대. 존나 웃겨. 그럼 강력계 '여'형사가 드세야
지, 꽃같이 고우기라도 하냐고. XY염색체를 갖고 있지 않으니,
무력 진압이 필요할 때 힘을 쓰지 못할 거래. 저기요, 제가 남
편도 때려눕혀서 이혼까지 한 사람이거든요? 그렇게 받아치니
까, 그것 보래. 민 형사 네가 너무 드세서 남편이 떠난 거래. 하,
씨발. 빡대가리들. 열받아서 반장님 편애받으며 이죽거리는 동
기 놈 하나를 팼어. 전 남편에게 소송당하고, 위자료 빡세게 헌
납한 뒤로 주먹질은 참고 있었는데. 형만이 그 새끼가 자꾸 열
받게 하잖아. 나보고 문화센터 좀도둑이나 잡으라잖아. 아줌마
들 범죄는 아줌마 형사가 맡으라잖아. 아줌마 범인의 심리를
같은 아줌마의 마음으로 이해해보라잖아. 씨발 새끼. 미친년처

럼 주먹을 휘두르니까 금세 쌍코피가 나더라. 약해빠진 새끼.

형만이 새끼는 합의금 따위를 원하지 않았어. 내가 영원히
승진은 꿈도 꾸지 못할 어디 지방 교통과로 발령 나길 바랐지.
뭐, 불행 중 행운이었던 건 인정해. 서울 신정동 지구대로 발령
이 난 건 좌천 축에도 속하지 않는다고 형만이 새끼가 분해했
으니까.

지구대 일이라고 뭐 편한 줄 아나. 취객이나 노숙자를 상대
하고, 층간소음 민원에 달려가는 게 보통 귀찮은 일인 줄 아나.
자살하겠다고 건물 위에서 벌벌 떠는 놈들 말리는 건 쉬운 줄
아나. 그나마 부부 싸움 민원은 재미있는 구경거리지. 요즘에
는 남편과 아내, 쌍방 폭행인 경우도 종종 있어. 내가 말했잖
아. 여자를 미친년 만드는 건 남자고, 미친년이 마음먹고 사람
을 때리면…… 나같이 되는 거지 뭐.

두 달 전, 번개탄 자살 사건 현장에 제일 먼저 도착한 건 나
였어. 담당 구역 순찰을 돌다가 화장실이 급하다는 파트너를
적당한 곳에 내려주고 기다리고 있었는데. 신정동 반지하 집
으로 급히 출동해달라는 무전을 받았어. 번개탄 자살 시도, 심
정지, 사십대 여자. 고독사구나 싶었지. 119는 출발했다는데,
거리상 내가 더 빨랐어. 차로 삼 분 거리였거든. 그때까지만 해
도 여자를 살릴 수 있으면 살리려고 재빨리 현장에 간 거였어.

골든타임이라는 게 있으니까. 남편, 동기 놈 때렸다고 내가 막 나가는 경찰은 아니야. 나도 사명이 있다고, 신념도 있고. 사람을 살리고 싶은 인지상정의 마음이 존재한다고.

급히 달려간 내게 문을 열어준 사람은 뜻밖이었어. 마지막으로 우리 강아지 낑깡이의 미용을 맡긴 게 한 달 전, 그사이 살이 좀 빠지긴 했지만 반지하 현관에 서 있는 사람은 낑깡이의 미용 선생님이었지. 선생님은 말이 많아서 갈 때마다 그 말을 끊고 나오기가 힘들 정도인 사람이었는데, 상황이 상황인지라 말없이 나를 자기 동생이 있는 방 안으로 안내하더라고. 골든타임이고 뭐고, 이미 죽어 있었어. 맥박이 멈춰 있는 걸 확인한 뒤, 선생님에게 어떤 위로를 건네야 할까 고민하고 있는데. 어라라…… 나는 바닥에 죽어 있는 여자와 선생님의 얼굴을 번갈아 봤어. 내가 당황하는 것 같자 선생님이 먼저 입을 열었지.

"쌍둥이 동생이에요."

아, 그래. 쌍둥이. 우리 낑깡이 미용 선생님은 쌍둥이었구나…… 어라?

그 순간, 나한테 죽어 있는 여자와 내게 문을 열어준 여자 중에 누가 낑깡이 미용 선생님이냐고 물어본다면, 난 결단코 전자라고 말했을 거야. 게다가 문을 열어준 여자는 나를 알아보지도 못했잖아. 그루밍 숍에 갈 때마다 낑깡이는 경찰 엄마 둬서 든든하겠다고 듣기 좋은 말을 하던 사람인데. 나를 못 알아본다고? 나한테 고생한다고 자기가 먹는 고단백 간식까지 손에 쥐어줬던 사람인데. 나는 죽어 누워 있는 여자가 내가 아는 여자라는 것에 더 확신을 가졌어.

마지막 확인 절차를 거치긴 해야 했으니, 신고한 여자에게 신분증을 보여 달라고 했지. 여자는 허둥지둥 신분증을 찾았어. 그사이 119가 도착했지. 119가 사체를 수습할 동안 신분증을 살피는데. 또다시 어라라, 이게 아닌데. 글쎄, 여자의 이름이 정연미인 거야. 낑깡이 미용 선생님 이름도 정연미였는데. 나는 @groomer_yeonmi 계정까지 팔로우하고 있어서 이름을 똑똑히 기억하고 있는데, 강력계에 십 년 있었는데, 아무리 쌍둥이라도 누가 누군지 구분 못 할 리가 없는데. 괜한 자존심을 부리는 게 아니었어. 나한테 정연미의 신분증을 내민 여자는 정연미가 아니었다니까. 정연미와 똑같이 생겼는데 그 여자는 정말 정연미가 아니었다니까.

"선생님, 혹시 하시는 일이?"

보통 자살 현장에서 저런 질문은 하지 않지만 나는 확인해 봐야 했어.

"미용, 애견 미용이요."

거기서 나를 모르냐고, 나 낑깡이 엄마라는 말은 하지 않았어. 상대는 정말 나를 모르는 것 같았거든. 올라가는 심박수를 진정시켜야 했어. 그렇지 않으면 그 여자를 몰아세우는 질문을 할 것 같았으니까.

당신, 정연미 아니지?

지금은 그때 그 질문을 하고, 정연미가 아닌데 정연미인 척하는 그 여자의 마음을 흔들어놨어야 했다고 생각해. 급하게 굴면 일을 망친다는 강력계 룰을 무시했어야 했는데. 그 질문 하나로 모든 게 바뀔 수도 있었는데. 진짜 정연미가 죽었다는 것은 빼고 말이지.

인정할 건 인정하고 넘어갈게. 현장 감식 결과가 나왔을 때, 나는 나를 믿지 못했어. 강력계 시절 날카롭던 판단력이 이제는 사라졌나 싶었지. 정연미의 동생 정연희는 자살한 게 맞았고, 타살 흔적은 찾아볼 수 없었어. 직감적으로 죽은 이가 내가 아는 정연미이고, 날 알아보지 못한 그 여자가 정연희라고 판단한 후 정연미의 죽음은 자살로 위장된 것이고 그에 어떻게든 정연희가 연관되어 있을 거라는 추측까지 하고 있었는데. 현장은 거짓말을 하지 않잖아. 사망자가 쌍둥이 자매 둘 중 누구든 자살한 게 맞았어. 현장에서 타살이라는 증거가 나오지 않았는데, 내가 아무리 이 사건에 의문을 갖고 있다 한들 뭘 어

쨌겠어. 와 씨, 나 진짜 감 떨어졌네, 퇴물 다 됐네. 그저 자기
연민에 빠져버렸지. 정연미가 나를 알아보지 못한 것도 동생
이 스스로 목숨을 끊었다는 충격 때문이겠거니, 그렇게 생각
해버렸지. 미온적 대처였다고? 나를 물먹이는 동기 놈을 두들
겨주는 배짱으로 덤볐어야 했다고?

저기요, 입장 바꿔 생각해보시지요?

현장은 타살 증거는 하나도 찾을 수 없을 정도로 깨끗한데,
죽은 게 동생이 아니라 언니라는 주장을 하라고? 덩치 좋은 사
내를 둘이나 때린 전적이 있는, 좌천된 여자 경찰의 말을 누가
믿어주냐고, 아무런 증거도 없이. 당시 나는 바보 되기 딱 좋은
상황이었다고.

죽은 '정연희'의 빈소에 간 것은, '정연미'에 대해 남아 있던
의심 때문인 건 맞아. 마지막으로 한 번만, 내가 놓친 것이 있
는지 확인해보고 싶었어. 현장이 그렇게 깨끗한데, 건질 게 없
을 거라고 생각하면서도 말이야. 강력계 때도 그랬어. 끝난 사
건도 다시 보는 게 나한테는 진짜 '끝'이었으니까.

빈소는 초라했어. 하필 특실 옆의 제일 작은 방이라 더 볼품
없어 보였지. 조문객 테이블은 다섯 개가 전부, 그마저도 비어
있었어. 부조금을 받는 사람도 없었고, 빈소 안에는 오로지 '정
연미'뿐이었지. 나는 상복을 입은, 자살 현장에서 봤을 때보다

더 마른 '정연미'를 본 순간, 빈소 안으로 들어가고 싶지 않아졌어. 갑자기 숨이 막히는 거야. 우리 엄마가 죽었을 때가 떠올랐거든. 나 중학교 때 돌아가신 엄마의 빈소에는 아무도 찾아오지 않았어. 새 가정을 꾸린 아빠는 물론, 엄마 쪽 친척들, 직장 동료들까지. 그래도 나는 혼자 꾸역꾸역 삼일장을 지냈어. 아무도 찾아오지 않아도 괜찮다고, 나만이라도 엄마를 잘 보내드리자고 생각했지. 그 옛날의 기억이 떠오르는 순간, 난 '정연미'의 얼굴을 마주하기가 곤란해졌어. 내가 아무리 남자들을 패고 다녀도 은근히 가녀린 구석이 있거든. '정연미'에게서, 외로움에 사무쳐버린 열다섯 살의 내가 겹쳐 보일까 겁이 났어. 결국 동행한 그루밍 숍의 재인 쌤에게 부조금 봉투를 맡기고는 복도에 서 있었어. 마침 지구대에서 전화가 오기노 했고. 그러고 몇 분쯤 흘렀을까. 복도 끝 쪽 구석에서 통화를 하고 있던 나는 조문을 마치고 나온 재인 쌤과 배웅하는 '정연미'를 보게 됐지. 파리한 얼굴의 '정연미'가 재인 쌤에게 고개 숙여 인사하다가 재채기를 했어. 그러다 손수건을 꺼내 입을 가리고는 얼른 다시 빈소 안으로 들어가더라고. 나는 통화를 끝내고 재인 쌤에게 다가갔지. 재인 쌤은 검은 블라우스에 붙은 흰 털을 떼어내고 있었어. 그러더니, 하는 말이.

"어차피 복직은 힘들었겠네요."

"네?"

"연미 쌤이요. 그새 알레르기가 생긴 것 같아요. 강아지 털 알레르기요."

내가 경찰이 아니었다면, 강력계 출신이 아니었다면 그 말을 그냥 넘겼을까? 직업병이었어. 형사 민성연의 본능이기도 했고.

"연미 쌤 말이죠, 장지에 함께 갈 가족은 있는 걸까요? 빈소가 적적하던데."

그 말은, 얌체같이 굴어도 태생이 선한 재인 쌤의 마음을 불편하게 만들었을 거야. 그래도 몇 년 동안 자기 업장에서 일하던 직원인데, 장지까지 따라가줘야 하나 고민했겠지. 인정해. 내가 본능적으로 사람을 이용할 줄 아는 교활한 면을 갖고 있다는 거. 재인 쌤은 발걸음을 돌려 '정연미'에게 돌아갔는데, 들어간 지 삼십 초도 안 지나서 나오는 거야.

"벌써 화장해서 납골당에 모셨다는데요?"

순간, 나는 가슴이 덜컹했어.

늦었다고 생각했어. 사망자의 시신은 재가 되어 있었고, 현장은 치워져 있을 테고, 남은 건 오직 내 의심뿐이었으니까.

지세준

민성연이 정연미의 정체를 의심한 건 정연희 자살 사건이
일어난 두 달 전이다. 민성연은 나보다 먼저 움직였고 나보다
많은 것을 알고 있었지만, 나는 민성연은 모르고 나만 아는 것
을 민성연에게 말해줘야 했다.

민성연은 나를 보자마자 총을 겨누며 범죄자 취급을 하더
니, 나와 매니저 누나의 신분증을 확인했다. 매니저 누나와 나
는 각각 수갑을 찬 채 경찰차 뒷좌석에 앉게 되었다. 민성연은
연희정이 내 팬인 것을 알고 있었다. (스토커라고 표현했지만) 연
희정이 대야미 영상을 찍어 나한테 보낸 것도 알고 있었다. 인
기 가수 지세준이 거짓말 때문에 수세에 몰린 것은 알 사람은
다 아는 뉴스이니, 것도 알고 있었는데 연희정의 반지하 집에

지세준이 나타난 것이다. 잠시지만 민성연은 내가 연희정에게 뭔가 못된 짓을 저지르고 증거인멸을 하기 위해 현장에 나타났다고 생각했다. 나는 민성연에게 내가 왜 연희정을 찾는지 사실대로 말했고 창식이를 통해 알아낸 것들, 그로부터 의심 가는 것들도 전부 말했다. 린아 사건 때도 참고인이었던 내 입장에서 경찰에게 괜한 의심을 사고 싶진 않았으니까. 가수 지세준이 본인의 홈마를 찾아 헤매고 있다는 사실이 세간에 알려진대도 어쩔 수 없었다. 덕분에 민성연은 의심을 거뒀다.

"정연희, 정연희로 적어줘. 내 본명이야."

그 한 문장에, 민성연은 반가움을 숨기지 않았다.
"내가 정연희 그 여자가 지세준 씨 스토커인지 어떻게 알았을 것 같습니까?"
"그야, 두고 간 핸드폰이라든가."
"핸드폰은 없었고."
"그럼 어떻게?"
"그 여자, 맥북 수리를 맡겨두고 픽업하지 않았더군요."
맥북이라는 소리에 나는 정신이 번뜩 든다. 매니저 누나를 쳐다본다. 매니저 누나 역시 기대를 하는 듯한 눈빛이다.

"아쉽지만, 맥북에는 지세준 씨가 원하는 그 영상은 없습니다."

역시나, 일이 쉽게 풀릴 리가 없지.

"정연희가 메시지로 보낸 짧은 영상이야 지세준 씨도 갖고 있을 거고. 근데 풀 영상이 필요한 거 아닙니까?"

민성연의 말이 맞다. 조작 녹음 파일 소동으로 나는 사람들에게 신뢰를 잃은 상황이다. 연희정이 티저처럼 보낸 십 초가량의 영상은 내 오명을 벗기는 데 도움되질 않는다. 그날 대야미의 모든 상황이 담긴 원본 영상이 필요하다. 그리고 영상의 행방만큼이나 궁금했던 것, 그것을 민성연에게 확인한다.

"역시 그 자살 사건은 완전범죄였던 건가요. 정연희가 정연미를…… 죽인 건가요."

매니저 누나가 놀란 눈으로 나를 본다. "너, 거기까지 생각하고 있었어?"라고 묻는 표정이다. 민성연이 빙글빙글 웃는다. 대단한 업적을 말하듯 거들먹거린다.

"그걸 알아내기 위해 정연희를 만나러 갔습니다. 만만한 여자는 아니었죠. 진득한 라포 형성이 필요했으니까."

연희정

내게 변명할 기회가 주어지는 것이 공평하다고 생각합니다. 그러니 변명을 하겠습니다. 사실 내 입장에서는 지금부터 하려는 얘기가 변명보다 '플로우'에 가깝다고 생각하기는 합니다. 무슨 헛소리냐고요? 플로우flow, 흐름 말입니다. 팬들은 세준에게 그런 말을 자주 했습니다.

지세즈니 요즘 플로우가 좋다! 이대로만 가즈아!

네, 세준이 승승장구한다는 뜻이었지요. 인기 가수 지세준의 흐름이, 그 플로우가 막힘없이 좋았으니까요. 언젠가 세준도 그리 말했습니다.

"뜻이 있는 곳을 따라 흘렀을 뿐입니다. 그곳에 팬 여러분이 절 기다리고 계셨어요."

나도 세준처럼 말해보겠습니다. 상황을 따라, 사건을 따라 흘러갔을 뿐입니다. 그곳에 무엇이 있을지는 몰랐지만, 달리 방법이 없었습니다. 나는 내 플로우를 따랐을 뿐입니다.

고시원, 찜질방을 두고 언니의 집을 택한 것은 다시 취직하려면 집이라고 불릴 수 있는 곳에 전입신고를 하는 것이 유리하기도 했거니와, 언니를 곁에 두고 지켜보고 싶었습니다. 정연미가 또다시 정연희로 위장하는 일이 없도록, 엉뚱한 일을 벌이지 않도록 감시해야 했지요.

언니는 자기 객관화가 되지 않는 인간이었습니다. 언니한테 사기를 친 남자는 결국 잡히지 않았고, 그 뒤로 일론 머스크를 사칭한 로맨스 스캠이 벌어졌습니다. 그것 역시 딥페이크 영상통화를 이용한 사건이었지요. 언니는 뉴스에서 그 사건을 보며, 피해자를 비웃었습니다.

"일론 머스크가 자기를 좋아한다고 생각한 것 자체가 존나 웃기지 않냐."

잘생긴 삼십대 남자가 마흔두 살 정연미를 좋아하는 것은 말이 되고, 일론 머스크가 한국의 평범한 여성을 좋아하는 것은 웃긴 일이었습니다, 언니에게는 말입니다. 어느 쪽이 더 가능성이 있는 경우라고는 판단하기 어렵겠지요. 둘 다 실제로 일어난 일이 아니라는 것만이 사실이고요.

내게 변비약을 넣은 깨죽을 건네던 언니는 영악한 소녀였지만, 로맨스 스캠을 당한 마흔두 살의 언니는 모자란 아줌마라는 것을 깨달았습니다. 언니가 내 이름으로 빌린 돈이 더 있다는 것도 알게 되었습니다. 로맨스 스캠 이후로 수면제를 복용한다는 것도.

그래서 언니가 수면제를 먹고 잠든 틈을 타, 번개탄을 피웠냐고요?

정연희를 지우고 정연미를 죽였냐고요?

이미 말하지 않았나요. 난 플로우를 따랐을 뿐이라고.

언니가 죽고 나는 집주인에게 방을 빼겠다고 했습니다만, 집주인은 보증금 천만 원에서 백만 원만 돌려 줄 수 있다고 했습니다. 언니는 그동안 월세를 내지 못해 그만큼 보증금에서 까였고, 백만 원만 남은 것이었지요. 나도 수중에 큰 돈은 없었기에 당분간 돈을 모을 때까지만 언니의 집에서 살기로 했습니다. 월세는 이십만 원이었으니, 앞으로 다섯 달 동안 보증금에서 월세를 까면 되겠다 싶었지요. 내가 안이했던 걸까요. 언니는 외로운 인간이었으니, 언니가 죽었는지 살았는지 궁금해 할 사람이 없을 거라 쉽게 생각해버린 겁니다.

민성연, 그 여자가 찾아올 줄은 몰랐던 거지요.

"선생님, 저 낑깡이 엄마예요."

나는 민성연에게 뭐라 답할 새도 없이 기침을 해대다가 깨달았습니다. 낑깡이는 강아지구나, 저 여자는 언니가 일하던 숍의 손님이구나. 언니의 집은 신정동, 언니의 직장이었던 숍은 목동. 근접했지요.

"경황이 없었어요. 조문이라도 갔어야 했는데."

민성연은 미안한 얼굴을 하며 내게 각이 진 종이봉투를 내밀었습니다.

"얼굴이 반쪽이 되셔서. 단 게 들어가면 기운이 좀 나니까요. 선생님, 이 집 카스테라 좋아하셨잖아요."

나는 아무 말 없이 종이봉투를 건네받았습니다. 민성연의 두 눈이 왜인지 나를 유심히 살피는 것 같다고 느꼈지만 대수롭지 않게 생각했습니다. 민성연이 단지 언니와 아는 사이라는 조건 때문에 지레 불안해하지 않으려 했습니다.

그날 이후로 민성연은 나를 종종 찾아왔습니다. 내가 자꾸 마르는 것이 걱정된다며, 열량이 높은 음식들을 사들고 연미 언니의 반지하 집을 찾아왔습니다. 대체 연미 언니와 민성연은 어떤 사이었을까 궁금해졌습니다. 단골손님과 직원이라고 하기에는 민성연의 태도가 지나치게 살가웠으니까요. 매번 꿀

먹은 벙어리처럼 음식만 받는 것이 불편했기에, 나는 민성연에게 단호하게 말했습니다.

"동생이 죽기 이전의 삶은 기억하고 싶지 않아요. 그게 무엇이든요."

이상한 일이죠. 민성연은 당황하지 않았습니다. 다 알고 있다는 듯, 내 마음을 다 안다는 듯 나를 다독였지요.

"그럼 저를 새로 만난 친구라고 생각하세요."

그 말이 어찌나 내 가슴을 찔렀는지요. 약한 부분을 간파당한 것 같아 분했고, 한편으로는 고마웠습니다. 나는 늘 친구가 필요했거든요. 대화를 나눌 벗이 필요했거든요. 홈마 활동을 하며 팬들과 소통을 하고 있었지만 그들을 친구라고 생각해본 적은 없었습니다. 그들과 공유하는 세준의 정보는 유익했고, 때로는 아름다웠지만 내게 사랑이 필요했듯이, 우정도 필요했습니다. 정확히는 '실체를 확인할 수 있는' '또래의' 친구가 필요했던 거지요. 부모에게 정을 느끼지 못하고 형제자매와 우애가 깊지 못했던 사람은 타인과의 관계에 목말라하는 법일까요? 타인에 대한 갈증을 홈마 활동으로 채우려 했지만, 내가 좀 옛날 사람인가 봅니다. 나는 줄임말투성이의 텍스트 대신, 성인 여자 인간으로서 대화를 나눌 사람이 필요했습니다.

제법 값이 나가는 먹거리를 갖고 찾아오는 민성연이 수상하지 않았던 것은 아닙니다. 무언가 노림수가 있다고 생각했습니다. 사람들은 이유 없는 친절은 베풀지 않으니까요. 내 생각을 꿰뚫어본 듯 민성연은 본래의 목적을 털어놓았습니다.

"실은 말이죠. 낑깡이 미용 계속 부탁드리고 싶어서 찾아왔던 거예요. 아시잖아요, 우리 낑깡이 낯가림이 보통이 아닌데 연미 쌤한테는 잘 안겨 있던 거. 염치 불구하고 찾아온 건데, 언젠가부터 선생님 만나는 게 기다려졌어요. 낑깡이는 다른 숍으로 옮기고 의외로 적응을 잘해서 더 이상 선생님한테 부탁할 게 없는데도, 선생님을 계속 만나러 왔어요.

선생님, 그거 아세요? 선생님은요, 사람 말을 참 잘 들어주세요. 제 얘기를 귀 기울여 듣고 있는 선생님을 보면 제 말이 귀해지는 것 같아요."

사람 말을 잘 들어준다는 말, 나는 이 말을 마흔 둘의 인생 동안 총 세 번을 들었습니다. 가장 먼 기억은, 엄마. 엄마는 전화통을 붙들고 동창들에게 고된 시집살이를 토로하는 사람이 아니었습니다. 그럴 만한 여유도 없었고요. 이따금씩 나에게 하소연을 했을 뿐입니다. 언젠가 엄마는 내게 "말을 한번 끊지도 않고 잘 들어주는구나"라고 말했습니다. 그다음은 엠마트 유근호 점장님이었습니다. 자신이 스치듯 했던 말까지 업무에 반영하는 나를 보며 고마워했지요. "공부를 하셨어도 잘하셨겠어요." 마지막이 민성연이었습니다. 사실 세 번 중 가장 기분 좋은 칭찬이었습니다. "제 말이 귀해지는 것 같아요." 민성연의 말은 내 마음을 움직였습니다. 나는 더 이상 누군가를 의심하고 싶지 않았습니다. 생전 내 뒤통수를 두 번이나 친 쌍둥이 언니는 사라졌고, 아버지와는 이따금 연락은 해도 얼굴은 보지 않으니, 이제 발목 잡는 인간들은 없을 거라고 생각했습니다. 게다가 민성연은 본인의 입으로 나를 찾아온 목적을 밝혔고요.

민성연은 나를 불쌍하게 여기지 않았습니다. 그 점이 마음에 들었습니다. 한국의 믹 재거를 만들어낸 홈마 연희정마저 유사 연애하면서 설레는 불쌍한 아줌마로 만드는 세상에서, 쌍둥이 자매를 잃고 상실감에 젖어 반지하방에 사는 사십대 여자를 민성연은 함부로 동정하지 않았습니다. 내가 얘기를 잘 들어주어서 그 답례로 한 통에 삼만 원씩 하는 영국산 비스킷을 사오는 것이지, 내가 먹을 것이 궁할까 봐 그런 것이 아니었습니다. 나를 불쌍히 여겼다면, 라면 박스나 즉석밥 등을 들고 왔겠지요. 민성연은 내게 자신의 이야기를 들려줬습니다. 폭력을 휘두르던 남편과 이혼 후 어린 딸과 단둘이 얼마나 힘들게 살았는지, 전업주부가 생업에 뛰어드는 게 얼마나 어려웠는지, 보험 판매왕이 되기까지 얼마나 멸시를 겪었는지 등등.

"먹고 싶은 거 다 사 먹을 수 있는 지금이 정말 행복해요."

나는 그 말을 이해했습니다. 엠마트 정직원이 되고 비로소 내 삶이 안정되었다고 느꼈던, 그 좋은 시절이 생각났습니다. 민성연의 얘기를 듣고 있으면 나도 다시 괜찮은 삶을 살 수 있게 될 거라는 자신감도 들었습니다. 삶은 고진감래인 것이니까요. 언니 때문에 정직원 자리를 잃고, 푼돈으로 근근이 살아가고 있다 해도 내게 다시 좋은 날이 올 거라 생각했습니다. 일을 구하는 것이 수월하진 않더라도 어딘가 나를 다시 받아줄 곳이 있을 거라는 믿음이 생겼습니다.

"선생님, 거지 같은 세상에도 볕은 들어요. 호호호, 나 너무 감상적인 말을 하나."

그 말은 나를 울게 만들었습니다.

난 아직도 그때의 민성연의 말이 진심이었다고 생각합니다. 모든 것을 알게 된 지금에도 그렇게 믿습니다. 그 말 한마디만은 진실이었다고 믿습니다.

엔젤 독 그루밍 숍에 찾아간 것은 어쩔 수 없는 일이었습니다. 편의점 파트타이머로 채용될 예정이었는데, 점주가 경력증명서를 가져오라고 했습니다. 어렵게 얻은 일자리인데, 필수 서류 하나 제출하지 못해서 놓치는 건 아까웠습니다. 엔젤 독 그루밍 숍 대표와 다시 마주치는 건 달갑지 않았지만, 못할 것도 없었지요. 대표와 오래 마주하지 않기 위해 미리 연락을 하고 찾아갔습니다. 사나운 몰티즈를 미용하고 있던 대표는 경력증명서를 카운터에 올려두었으니 가지고 가라고 했습니다. 대표와 말을 더 섞지 않아도 됐기에 마음이 놓였습니다만. 나는 카운터 정면, 벽에 붙어 있는 여러 장의 폴라로이드 사진을 보게 되었습니다. 단골 강아지들과 그들의 보호자, 대표가 함께 찍은 사진들이었습니다. 그 안에서 나는 민성연을 찾아냈습니다. 귀여운 믹스견과 경찰복을 입은 민성연. 그 밑에 적혀진 문구. 낑깡♡. 그 순간, 손이 부들부들 떨렸습니다만 머리는 빠르게 돌아갔습니다. 몰티즈에게 간식을 주며 길들이기를 하고 있는 대표에게 민성연의 안부를 물었습니다.

"낑깡이는 요새 자주 오나요? 낑깡이 엄마도 잘 계시고요?"

대표는 좀 퉁명스럽게 대답했습니다.

"통 안 보이던데요?"

그것은 나도 알고 있는 정보였습니다. 민성연에게 숍을 옮겼다고 들었으니까요. 다른 질문을 했습니다.

"낑깡이 엄마가 바쁘신가 보네요."

대표는 잠시 생각하는 듯하더니 한숨을 내쉬었습니다.

"저기요, 연미 쌤. 얘기가 나왔으니 말인데, 연미 쌤 관두고 사람 안 구해져서 우리 숍 예약이 빡세졌어요. 낑깡이 보호자님도 시간 맞추기 어려우셨겠죠. 포털사이트 예약도 매번 막혀 있으니."

나는 다음은 어떤 질문을 해야 할까 고민했습니다. "낑깡이 엄마가 경찰인가요? 왜 경찰복을 입고 있나요?"라는 직접적인 질문은 수상해 보이니까요.

"뭐, 연미 쌤 탓하는 건 아니고요. 낑깡이 보호자님도 바쁘겠죠. 지구대 일도 그렇고, 돌싱이라 낑깡이 봐줄 사람도 없어서 유치원 보내는 마당에……."

지. 구. 대. 나는 원하던 정보를 얻었는데도 기쁘지 않았습니다. 민성연은 보험 판매왕이 아니었습니다. 이혼을 한 것은 맞지만, 어린 딸을 홀로 키우는 이혼녀는 아니었습니다. 민성연이 내게 한 말은 '대부분' 거짓이었습니다.

숍에서 나와 거리를 걸으며 생각을 정리했습니다. 지구대에 근무하는 경찰 민성연이 나에게 접근한 이유를 생각해보았습니다. 핸드폰으로 찍어온 민성연과 낑깡이의 폴라로이드 사진을 몇 번이고 들여다보았습니다. 그러다 깨달았습니다. 그날, 내 쌍둥이 언니가 죽어 있던 현장에 제일 먼저 달려왔던 경찰이 민성연이었다는 것을요. 민성연이 낑깡이 엄마로서 나를 찾아왔을 때, 왠지 낯이 익다는 느낌을 대수롭지 않게 넘겨버린 것을 후회했습니다. 민성연은 뭔가 알고 있는 것이 틀림없었습니다. 내가 쌍둥이 자매를 죽여놓고, 그 자매의 삶을 살고 있다고 의심했겠지요. 민성연을 만나야 했습니다. 내가 잘못한 것은 맞는데, 모든 게 내 잘못은 아니라는 얘기를 해줘야 했습니다. 다른 사람이 나를 의심했다면, 그자에게서 도망쳤겠지만 상대가 경찰 민성연이라면, 평생 지명수배자로 살 수도 있는 문제였으니까요. 나는 민성연에게 문자메시지를 보냈습니다.

> 나는 민성연 씨 생각처럼 잔인한 사람이 아닙니다.
> 내게 말할 기회를 주세요.

언니가 내 이름으로 빌린 사채는 내가 죽어야지 사라지는 것이었습니다. 정연희라는 이름이 말소되어야 탕감되는 빚이었습니다. 이런 사정을 민성연에게 말하고 싶었습니다. 그저 엄청난 빚에서 해방되고 싶었을 뿐이라고. 나는 스릴러 영화에나 나올 법한 살인범이 아니라고.

지세준을 사랑하는 한, 연희정은 악바리 같은 여자는 될 순 있어도 악독한 인간은 될 수 없다고요.

지세준

"말할 기회를 달라는 문자를 보내놓고 사라졌다는 건, 역시 겁이 났던 걸까요."

내 질문에 민성연이 피식 웃는다. 연희정의 집에서 처음 만났을 때부터 은근히 사람을 무시하는 태도가 기분 나쁘다. 민성연이 경찰이 아니었다면, 연희정에 대해 나보다 갖고 있는 정보가 많지 않았다면, 나는 민성연과 마주 앉지 않았을 것이다. 어쩔 수 없다. 더 아쉬운 건 내 쪽이니까.

"역시 집 안 구석구석을 다 살펴본 건 아니군요? 사라진 게 아닙니다, 그 여자는."

민성연은 핸드폰 화면을 넘겨가며 사진을 몇 장 보여준다. 연희정의 집, 욕실 사진이다. 욕조에서부터 욕실 문턱까지 핏

자국이 이어져 있다.

"선분홍빛이죠. 생리 첫날이었을 겁니다. 욕조에는 물기가 있고요. 급히 도주하려는 사람이 보통 샤워를 하진 않죠. 평소처럼 샤워를 하고 있는데 누군가 들이닥친 겁니다."

내 머릿속에는 본 적도 없는 그 장면이 떠오른다. 민성연을 만나기 전, 샤워를 하고 있는 연희정.

물소리 틈으로 다른 소리를 듣는다. 물소리를 줄여본다. 누군가 집 안에 침입했음을 직감한다. 어쩌지, 하는 순간 괴한(들)이 들이닥친다. 물에 채 씻기지 못한 생리혈이 바닥에 흔적을 남긴다. 괴한(들)은 연희정이 반항할 수 없게 처치한 후 집 안을 뒤집는다.

장면이 멈춘다.

"그런 거 있잖아요. 영화 같은 데서 보면 족적 검사하고, DNA 검사하는 거."

"과학수사."

"……네."

"생리혈의 주인이 우리가 찾는 그 여자인지 확인하고, 침입자 머리카락을 찾아서 범죄자 DNA 정보와 대조해보고, 족적 찾아서 신발 종류 특정 짓고. 그걸 내가 했게요, 안 했게요?"

"……했겠죠."

"안 했습니다."

"네?"

"저기요, 지세준 씨. 영화에서처럼 지구대 경찰이 강력계 형사 노릇하는 거 쉬운 일이 아닙니다. 여러모로 품이 드는 일인데 사람들은 그걸 모르죠. 가만히 앉아서 흥신소 직원 얘기나 듣는 거하고 다르다고요."

"가만히 앉아만 있을 거면, 제가 여기에 있었을까요."

울컥 화가 치민다. 혹시라도 민성연에게 밑 보일까, 도움을 받을 수 있을까 눈치를 보던 내가 싫어진다. 아무리 현재는 수사 권한이 없더라도, 사람이 실종됐는데 경찰로서 할 수 있는 건 다 해야 하는 거 아닌가. 일말의 실마리라도 발견해서 연희정을 찾아야 하는 거 아니냐고.

민성연은 입술을 비죽이며 웃더니, 맥북을 열어 보여준다. 카톡 대화창이다.

> 010-****-****
> 500까진 어려웠고, 300 넣었어요.
> 연희 님, 잘 지내고 있는 거죠?

민성연 말에 따르면 연희정(정연희)이 실종된 지는 삼일째.

실종 당일, 연희정은 누군가에게 돈을 빌려달라는 문자메시지를 보냈고 상대방은 삼백만 원을 입금했다고 답신했다.

혼란스럽다. 방금 전 민성연은 내게 연희정의 집에 누군가 침입해 연희정을 데려갔다고 하지 않았나. 그 직후 연희정이 누군가에게 돈을 빌려달라는 문자메시지를 보냈다는 건 대체 무슨 소리인가.

"정연희의 자살 사유, 사채 빚 비관."

여전히 이해가 되지 않는다. 민성연은 말을 이어간다.

"메시지 송신처, 위치추적을 했습니다."

"그 여자가 있는 곳을 안다는 뜻이에요?"

"네."

나는 잠시 생각한다. 민성연이 또다시 빙글빙글 웃는다. 교활한 웃음이다. 이런…….

"내가 그 여자를 해쳤는지, 숨겼는지 의심했던 게 아니군요."

민성연은 얼굴에 웃음기를 지우지 않고서, 성의 없이 두 손을 모으며 미안하다는 제스처를 취한다.

"지세준 씨를 만나러 갈 생각이었어요. 그 전에 지세준 씨가 먼저 나타났지만."

민성연

　정연희가 모든 걸 고백할 것처럼 해놓고 실종됐을 때는 화가 났어. 내 계획이 다 틀어진 것 같았거든. 쌍둥이의 삶을 훔친 여자, 사채 빚을 감당하지 못해 쌍둥이 언니를 죽여 본인으로 둔갑시키고, 그 언니의 삶을 살기로 한 여자. 그런 여자를 설득해 자수를 하게 한 지구대 경찰. 강력계 복귀는 물론, 운 좋으면 특진까지 노려볼 만하다고 생각했어. 여성 범죄자와 여성 경찰, 여성 연대. 테마도 좋잖아. 욕심부리지 않고 정연희를 신고했으면 됐다고? 그 선택도 고민하지 않았던 건 아니야. 정연미의 시신이 매장만 되어 있었어도 강력반을 통해 지문 검사, DNA 검사까지 진행했을 수도 있어(사건 해결의 지분을 내가 얼마나 가져갈 수 있는지 협상은 필요했겠지만). 뭐, 근데 정연미의

174

시신은 발인이 끝나기도 전에 화장됐잖아. 혹시나 해서 확인해봤는데 장례식장과 연계된 납골당에 유골이 보관되어 있다더라고. 물증은 완벽하게 사라진 거야. 남은 건, 정연희에게 접근해서 자백을 받아내는 거였는데. 정연희가 내게 입을 열려고 마음먹은 순간, 어떤 씹새끼들이 들이닥쳐버린 거야. 오래된 빌라들이 그렇듯 방범 카메라는 없었고, 나는 엉망이 된 현장을 조사할 수밖에 없었어. 납치된 것처럼 꾸민 현장은 아니었지. 누군가 불시에 들이닥쳐 집 안 구석구석을 뒤져본 거였어. 단순 강도라면 반지하 집을 택할 이유가 없었을 테니 정연희는 자신과 언니를 함께 죽이고도 빚을 탕감하지 못한 거라 추측했어.

정연희의 생리혈을 보며, 악마 같은 새끼들한테 잡혀가서 인신매매라도 당하는 게 아닌가 섬뜩해졌지. 당장 신고를 해야 하나 고민하긴 했는데, 뒤집어진 집구석에서 맥북 수리 영수증을 찾았어. 나는 바로 수리 업체로 달려가 맥북을 픽업했지. 카톡은 자동로그인이 되어 있었고 핸드폰과 연동되어 있었어.

하늘도 내 강력계 복직을 원하나 싶더라. 실종 당일 밤, 정연희는 자신을 정연미가 아니라 정연희로 알고 있는 누군가에게 문자메시지를 보냈어.

상대방에게 정연희는 아직 살아 있는 사람이었어. 게다가 그 사람은 정연희에게 빚이 있다는 걸 알고 있는 눈치였어.

> 미안하다니요, 힘든 마음 이해합니다.
> 저도 도움드릴 수 있게 애써볼게요.

그 사람이 누군지 궁금했지만, 당장 알 필요가 없었어. 이제 핸드폰 전원이 켜졌으니 내가 해야 할 일은 위치추적이었지.

정연희는 대전의 단란 주점에 있었어. 사채업자들이 데려간 거였겠지. 정연희의 현 상황을 확인해보기 위해서는 대전으로 가야 했는데, 정연희가 내 얼굴을 아는 게 걸렸지.

강력계에 있을 때 나는 현장에서 우리 팀 막내 대신 칼빵을 맞았어. 막내는 그 일을 두고두고 고마워했지. 동기 놈을 패서 징계위에 회부되었을 때, 증인으로 나서지 못하는 걸 못내 미안해했거든. 뭐, 나는 자기 몸 하나 건사하기 힘든 세상에서 남의 편드는 것만큼 어려운 일이 없다고 생각했으니 서운하지는 않았지만. 막내는 동행을 부탁하자 군말 없이 따라나섰고, 손님으로 위장해 단란 주점에 잠입했어. 연상녀가 취향이라며 마흔 살 이상만 룸에 들여보내라고 했지. 룸에 들어온 여자들 중에 정연희가 있었어. 막내가 몰래 찍어온 사진에서 정연희

176

는 마지막으로 봤을 때보다 얼굴이 더 상해 있었지. 막내는 수수깡 같은 정연희의 몰골에 마음이 쓰였는지 정연희가 피의자든, 피해자든 구해야 할 사람이면 당장이라도 데리고 나오자고 객기를 부렸지. 나는 막내를 달랬어. 거시적으로 보자고, 근본적인 해결 방법을 찾아야 한다고.

내가 원하는 건 정연희와 나를 모두 구해내는 거였어. 소란을 피우지 않고 정연희에게 접근해서 자백을 들어야 했어. 그 후에는 사채업자들을 납치 및 감금 혐의로 체포하고, 정연희를 살인죄로 기소하는 일타쌍피. 그리고 나는 강력계 복직. 그러기 위해서는 큰 그림을 그려야 했어. 나의 업적을 빛나게 해 줄 조력자가 하나 더 있었지. 가수 지세준. 맥북에서 발견한 지세준과 정연희의 대화는 흥미로웠어. 정연희는 지세준의 일거수일투족을 감시하는 스토커였던 거야. 그러고 보니 떠오르더라. 정연희의 뒤를 쫓은 적이 있었어. 렌터카를 빌려 어딘가로 향하는 정연희를 쫓다가 대야미 이정표 앞에서 차를 돌렸거든. 당직 날인데 어디서 뭘 하고 있느냐고 지구대장님이 친히 전화를 주셔서 말이야. 자존심은 상하지만 어쩔 수 없지. 생업도 중요한 거잖아. 어차피 나는 정연희의 뒤를 집요하게 쫓을 필요도 없었어. 거의 다 왔다고 생각했거든. 정연희의 자백을 듣기까지.

지세준은 그동안 정연희에게 답장 한 번 없다가 최근에 메시지를 보냈더라고. 지세준이 처한 대외적인 상황과 메시지 내용은 맞아떨어졌어. 정연희는 지세준의 스캔들과 관련된 영상을 갖고 있었거든. 내 눈에는 은근히 협박하는 듯한 정연희, 조심스레 협상을 시작하려는 지세준이 보였지.

잃을 게 더 많은 건 지세준 쪽이었어. 정연희가 왜 큰 돈을 얻을 수 있는 지세준 쪽이 아니라, 다른 사람에게 돈을 빌려달라고 연락했는지 그 심중을 헤아리기 어려웠지만, 그게 나한테는 그다지 중요한 문제는 아니었지. 나는 남편과 이혼하면서 유책배우자가 됐어. 바람은 그 새끼가 피웠는데 남편을 때렸다는 이유만으로 위자료에, 부동산까지 빼앗겼거든. 돈이 필요했어. 지세준을 만나 딜을 할 생각이었어. 내가 요구하는 금액을 맞춰주면, 정연희를 찾아내서 당신이 원하는 영상을 받아내 주겠다고. 지세준 입장에서는 정연희에게 줄 돈을 나에게 주는 것이니, 거절하지 않을 거라 생각했어. 단란 주점에서 착취당하고 있는 정연희의 가여운 몰골을 보고도 그런 머리를 굴리다니, 비열하다고? 악독하다고? 뭐, 그렇게 생각해도 좋아. 나는 나를 구하기 위해서라면 뭐든 할 생각이니까. 만약에 지세준이 딜을 거절하면 어쩔 생각이었냐고? 지세준은 내 제안을 거절할 수 없을 거라 확신했는데?

아, 잠깐 머뭇거리기는 했지. 스캔들 해명 녹음 파일이 가짜라는 명분으로 내부고발을 당한 지세준의 뉴스를 보고, 모든 게 들통났으니 지세준에게 정연희의 영상이 필요 없게 된 것이 아닐까 싶었는데. 하늘도 내 강력계 복직을 바라고 있었다는 게 맞다니까. 눈앞에 지세준이 나타난 거야.

지세준

1

연희정은 정연희로서든, 정연미로서든 돈에 쪼들리고 있는 상황에 계속 놓인다. 사채업자들이 압박하는 와중에, 호구 잡혀줄 지세준이 있었는데도 연희정은 내게 연락하지 않는다. 연희정이 원하는 것이 뭔지 궁금해하면 할수록, 미궁 속으로 빠진다.

그리고 민성연은 조커다. 어쩌면 나를 구할.

민성연의 제안은 받아들이는 편이 좋다. 민성연한테 놀아났다는 쾌씸함, 배신감 따위를 다 제쳐두고 생각해본다. 이제야 경찰에 신고한들 민성연보다 빨리 움직일 것 같지 않다. 무엇보다 내 오명을 씻기 위해 아득바득 홈마 연희정을 찾아내었다는 모양새가 좋지 않다. 민성연이 내게 돈을 받고 연희정을 찾아내 영상 문제까지 해결해준다면, 그 편이 낫다. 민성연은 교활한 경찰이지만, 지난 두 달간 연희정과 라포 형성에 공을 들인 건 인정해줘야 한다.

쌍둥이 언니를 죽였든 뭘 했든 그와 관련된 죄를 고백한 연희정이 지세준 협박죄까지 얹고 싶진 않을 테니 협조할 거라는 민성연의 말이 맞다.

조건을 하나 걸어두는 것이 좋겠다. 지세준의 홈마 연희정이 범죄자라는 사실을 밝히지 않는다는 것. '정연희'와 '연희정'을 구분할 것.

연희정에 대해 알고 있는 거의 모든 것들을 민성연에게 말했지만, 린아의 집에서 막스마라 가죽 팔찌를 발견한 것은 여전히 나만 알고 있는 비밀이다. 처음부터 민성연은 사건의 가해자로 나를 의심한 것이 아니라 나와 협상을 하고 싶었던 것이라지만, 내가 연희정의 팔찌를 숨겼다는 것을 어떻게 받아들일지 모르니까.

집 안에서 USB나 SD카드를 발견할 수도 있으니, 한 번 더 살펴보고 싶다는 매니저 누나의 말에 민성연이 비죽인다.

"그런 게 있었음 내가 그냥 두었겠습니까?"

어쩌면 민성연 저 여자의 손에 대야미 영상이 있을지도 모르겠다는 의심이 들다가 만다. 뭐, 어쩔까. 나는 더 이상 마음을 쓰고 시간을 소모하고 싶지 않다. 돈으로 해결될 수 있다면 최악의 상황은 아닌 거라는 말이 있지 않은가. 민성연이 요구한 금액은 적진 않지만, 명예를 회복한 지세준이 벌어들일 것을 예상하면 지불할 수 있는 정도라고 말해두겠다.

2

오피스텔 앞에는 여전히 몇 명의 팬들이 서 있다. 반찬이 들어 있을 삼단 찬합을 들고서, 혹은 쉰내를 감출 수 없는 김치 통을 들고서.

"우린 너를 무조건 믿어."

고맙다고 웃어 보이며 찬합을 팔뚝에 걸고, 김치 통을 옆구리에 낀다. 반찬 냄새와 김치 쉰내가 섞여 코끝을 자극한다. 오피스텔 로비 자동문을 들어서며 슬쩍 돌아서본다. 팬들은 나를 보며 손을 흔든다. 팬들 너머 편의점 파라솔에 앉아 있는 선바이저를 쓴 여자, 러닝 중인 여자, 차에 기대어 통화 중인 여자, 전단지를 돌리는 여자. 그들을 보며 그동안 연희정이 어떤 모습으로 숨어 있었을지 궁금해진다. 연희정은 내 사진을 몰래 찍을 때마다 주변과 자연스레 스며들어 있었을 것이다. 으레 있을 법하기에, 눈길이 가지 않는 인간이 되어서.

연희정이 내 홈마가 된 이후로 막스마라 여사가 아닌 '정연희'를 만난 적이 있다. 엠마트 직캠으로 뜨고 나서 엠마트는 나에게도, 팬들에게도 기념비적인 공간이 되었다. 팬들 중에는 지방에서 서울의 끝까지 올라와 엠마트를 방문하는 이들도 있었다. 이전을 했기 때문에 내가 축하공연을 했을 때의 그 자리는 아니지만, 팬들에게 중요한 건 엠마트가 한국의 믹 재거 지세준의 시작점이라는 사실이었다.

회사에서는 데뷔 삼 주년을 맞아, 팬 서비스로 엠마트에 가서 릴스를 찍자고 했다. 사람이 몰릴 수도 있으니, 공지는 미리 하지 않고 가서 캐셔로 일하다가 제일 먼저 지세준을 알아보는 팬과 릴스를 찍는 이벤트였다. 매니저 누나는 계산대에 서 있으면 사람들이 쉽게 알아챌 것 같으니 정육 코너에 있자고 제안했다. 마스크를 쓰고, 앞치마를 입고 정육 코너에 섰을 때, 중년의 남자 직원이 비실비실 웃었다.

"우리 정육 여사님은 좋겠어. 알바생이 지세준 씨라."

이윽고 냉동고에서 그가 말한 '정육 여사님'이 나왔다. 정육 여사님은 화장을 하지 않고, 작업모를 쓰고, 고무장갑을 낀 채

라텍스 슬리퍼를 신고 있었다. 정육 여사님은 농을 던진 남자 직원을 보며 호호호 웃었다. 웃으며, 부정했다.

"제가 연예인은 잘 몰라서."

정육 여사님은 나를 보며 멋쩍은 표정을 지어보였다.

"미안해요. 제가 바쁘게 살아서 그래요."

팬싸에서 막스마라 여사를 처음 만났을 때 나의 엠마트 무대를 끝까지 봐준, 내 이름을 물어봐준 엠마트 직원임을 알아봤지만, 그 '변신'을 존중하기 위해 모르는 척했다. 인간은 때때로 꾸며낸 자아가 필요하다고 생각했다. 엄마의 자아는 사기꾼이었고, 연희정은 (덕질하는) 막스마라 여사인 거였다. 현생을 살고 있는 정육 여사님에게 왜 나를 모른 척하냐고 따져 묻고 싶지는 않았다. 지세준은 연희정에게 언제까지고 길티 플레저여야 했다. 우리 사이에 그 긴장감이 사라지면, 관계는 끝이었다.

"왜 다들 여사님이라고 부르죠? 많이 봐줘야 내 누나뻘인데. 난 누나라고 불러도 되죠? 누나, 그거 알아요? 누나 말이죠, 왠지 모르게 되게 우아해 보여요. 분위기가 그래요."

나의 말을 듣고 얼굴이 상기되던 정육 여사님, 연희정. 자신의 홈마를 알아보지 못하면서도 그녀에게 우아하다고 말하는 최애.

나는 연희정을 로맨스 소설의 주인공으로 만들어주었다.

미친 여자들을 만드는 주동자, 지세준. 그 말이 맞다.

연희정

박복할 대로 박복한 여자. 일이 이 지경이 되니 스스로를 그렇게 평가할 수밖에 없었습니다. 지세준이라는 볕이 드는 것도 잠깐, 나에게 양지바른 언덕은 허락되지 않는 건지요.

민성연을 기다리고 있던 밤, 집에 남자 둘이 들이닥쳤습니다. 엠마트에 찾아온 이들과는 다른 얼굴들이었습니다. 남자들은 현재의 내 이름을 정확히 알고 있었습니다.

"정연미 씨? 아버지가 정만수 씨죠?"

아버지는 연미 언니를 담보로 도박 빚을 졌습니다. 남자들이 내민 계약서에는 정만수가 빚을 갚지 못할 시, 정연미가 용역을 제공한다고 적혀 있었습니다. 아버지가 내가 아닌 언니를 담보로 택한 이유가 궁금했습니다. 계약서 작성 시점은 나,

정연희가 죽기 전이었으니까요. 아버지의 인간성에 대해 생각해보았습니다. 첫째 딸과 둘째 딸, 정연미와 정연희 중에 정연미가 담보가 된 이유는 아버지가 정연미를 더 미워했기 때문일 겁니다. 스무 살에 상경하더니, 마흔이 넘도록 애비 얼굴 한번 보러오지 않은 장녀 정연미가 괘씸했기 때문일 겁니다. 아버지는 그런 사람이니까요. 부모로서 해야할 도리는 제쳐두고 부모로서 받을 권리만 생각하는 인간이니까요.

남자들은 젖은 가랑이 사이로 생리혈을 뚝뚝 흘리며, 겨우 타월로 몸을 가린 내 상황을 전혀 개의치 않았습니다. 나는 남자들에게 질질 끌려 거실로 나왔습니다. 남자들은 조금이라도 돈이 되는 것들을 찾기 위해 막무가내로 집 안을 헤쳐댔습니다. 정연희를 죽이고 정연미가 되어도 아무것도 바뀌지 않는다는 것. 그 박복한 운명을 받아들여야 했습니다. 나는 남자들에게 엄마가 남겨준 금반지를 내밀었습니다. 도망갈 생각이 없다고, 계약서대로 용역도 제공하겠다고 말했습니다.

"성실하게 빚을 갚을 테니까, 최소한의 인간적인 대우를 해주세요."

남자들은 비웃으면서도 내가 제대로 옷을 입고, 몇 가지 짐을 챙길 수 있게 해주었습니다. 잠시 민성연을 떠올렸습니다. 민성연 그 경찰이 나를 찾아내기 위해서는, 내가 얌전히 남자들을 따라가서 되도록 한곳에 오래 머물러야 한다고 생각했습니다. 당연히 세준의 생각도 했지요. 당분간 세준의 얼굴을 볼 수 없다는 사실에 가슴이 저릿했습니다. 그때는 내가 찍은 대야미 동영상이 세준에게 필요해졌다는 것을 몰랐습니다.

그날부터 나는 대전의 단란 주점에서 일하게 되었습니다. 쉰 살은 넘었을 마담이 나를 대충 훑어보더니, 아줌마만 픽하는 단골 고객에게 붙이면 되겠다고 했습니다. 나는 남자들에게 술을 따르며 최대한 버텨보자 마음먹었습니다. 민성연이 나를 찾아낼 거라는 기대감을 갖고요. 나는 나 자신을 죽이고 언니의 삶을 사는 선택을 했음에도 아직 순진한 인간이었나 봅니다. 마담의 말에 따르면, 빚의 일부라도 갚지 못할 시 조만간 인신매매로 넘어가게 되어 있더군요.

"당신 말야. 아버지 도박 빚에 팔려 왔다며? 가족이 그 모양인데 여기서 어떻게 나가니. 돈 몇 백 빌려줄 사람도 없니?"

나는 당황하지 않았습니다. 나에게 선의를 베풀 수 있는 사람을 떠올렸습니다. 유근호 점장님.

유근호 점장님은 엠마트 정육 코너 정직원이었던 정연희가 이제 세상에 없는 사람이 되었다는 것을 모르고 있었습니다. 정연희의 장례를 치르며 정연희를 아는 누군가 한 명쯤은 정연희라는 이름이 세상에서 사라진 것을 슬퍼해줄 사람이 있다면 좋았겠지만, 그럴 수가 없었지요. 정연희의 장례를 치른 이유는 나만이라도 정연희를 잘 보내주고 싶었기 때문이었습니다. 나를 위할 수 있는 건 결국 나뿐이니까요. 있죠, 나는 내 이름을 아꼈습니다. 좋아했습니다. 아무에게도 사랑받지 못한 이름이지만, 정연희 그 세 글자를 사랑했습니다. 홈마 네임을 연희정으로 지은 이유도, 세준에게 내 이름 석 자로 불리고 싶었기 때문이었습니다. 연희, 정. 내가 정연미가 되었어도 세준은 나를 연희, 정으로 기억하겠지요.

단란 주점을 관리하는 추 실장에게 내 핸드폰을 달라고 했습니다. 유근호 점장님에게 연락해서 돈을 빌려야했습니다. 나는 추 실장이 지켜보는 앞에서 문자메시지를 보냈습니다.

점장님, 정육 코너 정연희입니다.
염치없지만, 사정이 많이 어려우면
연락하라는 말이 기억나서요.
혹시 오백만 원 정도 빌릴 수 있을까요.
미안합니다, 이런 부탁해서.

손님에게 술 몇 잔을 따르고, 다시 추 실장 앞에서 핸드폰을 켰습니다. 유근호 점장님은 오백까진 어렵고, 삼백을 입금했다며 답장이 왔습니다. 아버지의 도박 빚 천오백만 원은 이미 삼천만 원으로 늘어났고, 그중에 삼백만 원을 갚아냈습니다. 민성연이 나를 찾지 않을 수도 있으니, 경찰에 신고할 틈을 노려볼까도 생각했습니다만. 나처럼 가족이 대신 날인한 용역 계약서에 매여 있는 아가씨에게서 직접 경찰에 신고해 빠져나갔다가, 다시 붙잡혀온 얘기를 들었습니다.

"경찰은 말이죠, 우리 같은 여자들을 제대로 보호해주지 않아요. 우리 같은 여자들은 팔자가 드세서, 지네들이 막 살아서 이런 꼴을 당하는 거라 생각한다구요. 도랑에 빠진 똥강아지보다 못한 게 우리 같은 여자들이라구요."

그때 민성연은, 모든 걸 다 말하겠다고 해놓고 사라진 나를 찾고 있었을까요. 나를 거의 다 찾았는데 내가 급하게 행동했던 것일까요. 그렇지만 그 뉴스를 보는 순간, 나는 참을 수가 없었습니다. 가게 직원 하나가 사이버 렉카의 방송을 보고 있었고 나는 지세준, 그 세 글자가 들리자 귀를 바짝 세우지 않을 수 없었습니다.

내가 봤을 땐 지세준이 낙태 종용한 거 맞아.
안 그럼 굳이 녹음 파일을 조작한다고?

자, 여러분. 첨에 상대 여자 측이 공개한 찐 녹음 파일 들어봐 봐요.
지세준 말투 침착한 게 더 싸하지 않냐고.

세준은 또다시 팬들을 기만하고, 여자 친구를 낙태시키려고 한 파렴치한이 되어 있더군요. 찾아보지 않아도 돌아가는 상황을 짐작할 수 있었습니다. 코어 팬들은 두고 보자는 입장이겠지만, 그들은 이미 흔들리기 시작했겠지요. 세준의 해명이 늦어지면 늦어질수록 그들의 의심은 깊어질 것이었습니다. 마음이 급해졌습니다. 내가 나서야 했습니다. 대야미 집에서 찍은 영상을 계정에 업로드하고, 세준이 남자로쳐도 공인으로서도 올바르게 행동했다는 것을 증명해야 했습니다. 세준의 집에 무단침입해서 불법 촬영을 한 것까지 들통나는 것인데, 두렵지 않았냐고요? 나는 말입니다, 세준을 지킬 수 있다면 더한 것도 할 수 있었습니다.

세준의 영상은 핸드폰 숨김 폴더 안에 있었습니다. 유근호 점장님한테 돈을 빌릴 때도 내 핸드폰을 사용했으니, 추 실장에게 다시 한번 핸드폰을 받아내는 게 어렵지 않을 거라 생각했습니다만.

"아줌마, 오늘부터는 2차도 나가라."

나는 2차든, 3차든 하라는 대로 할 테니 핸드폰을 잠시 쓰게 해달라고 부탁했습니다. 경찰이나 지인에게 신고할 생각은 없다고, 개인적으로 꼭 처리해야 할 일이 있을 뿐이라고 간절하게 부탁했습니다. 추 실장은 어이없다는 듯이 웃었습니다.

"아줌마, 그냥 짜져 있으라고."

한 번 더 청했습니다.

"내가 나서지 않으면 안 되는 일이에요. 부탁합니다."

추 실장에게 고개를 숙였습니다. 태도가 정중하면 추 실장도 날 믿어줄 거라고 생각했습니다. 추 실장은 자리에서 일어나 다가왔습니다. 실실 웃더니, 내 목을 쥐었습니다. 추 실장의 손등부터 팔뚝까지 이어진 문신이 눈에 들어왔습니다.

"그냥 짜져 있으라고."

추 실장이 점점 강하게 목을 쥐어오는데도 나는 계속 읊조렸습니다. 제발, 부탁한다고. 그 말이 추 실장의 심기를 건드렸을까요.

"여기 오는 년들 공통점이 뭔 줄 알아? 지 분수를 모른다는 거야. 분수를 모르니까 빚을 지고, 결국 몸 파는 창년이 되는 거지. 아줌마, 아줌마 이제 그냥 창년이라고."

추 실장은 한쪽 소매마저 걷어붙이더니, 내 뺨을 수차례 때렸습니다. 그사이 사무실에 마담이 들어왔는데, 맞고 있는 나를 보더니 슬그머니 문을 닫고 나가버렸습니다. 문밖에서 또

사람 하나 잡나 보라는 혼잣말이 들렸습니다. 추 실장은 연거
푸 뺨을 내리친 것으로 분이 풀리지 않았는지, 이번엔 내 머리
채를 잡고 여러 번 벽에 박아댔습니다. 아픔을 느낄 새도 없더
군요. 소파 위로 내팽겨쳐지고, 추 실장이 내 위로 올라타 원피
스 속으로 손을 넣었을 때는 흠칫했습니다. 추 실장의 손은 뜨
거웠습니다. 그 뜨거운 손이 한쪽 가슴을 움켜쥐었을 때는, 그
제야 아픔을 느꼈습니다. 달리 방법이 없었습니다. 나를 살리
고, 세준을 살릴 방법은 하나뿐이었습니다. 몸이 달은 추 실장
이 바지 버클을 풀때 테이블 위의 과도가 눈에 들어왔습니다.

망설이지 않고 과도를 집었습니다. 그대로 추 실장의 치골
을 찔렀습니다. 추 실장은 비명을 지르며 쓰러졌습니다. 나는
핸드폰을 갖고 나갈 생각뿐이었습니다. 추 실장이 내 발목을
잡고 늘어지지만 않았어도 상황이 참담하게 흐르지는 않았을
텐데. 서랍에서 핸드폰을 꺼내는 순간, 기어다니던 추 실장이
발목을 잡아끌었습니다.

"죽여버린다, 쌍년아."

순간이었습니다. 술에 취한 아버지도, 성욕을 주체할 수 없
던 구영식도 내게 욕을 해대곤 했는데. 나를 쌍년이라 부르는
추 실장의 눈빛에서 아버지를, 구영식을 봤습니다. 나는 응당
그래야 할 것처럼, 바닥에 놓여 있던 작은 수석을 집어들었습

니다. 추 실장의 이마를 찍어 눌렀습니다. 그리고 깨달았습니다. 아주 오래전부터 남자들의 거친 입을 막아버리고 싶었다는 것을요.

추 실장은 피를 많이 흘렸습니다. 어떻게든 숨은 붙어 있는 것 같았지만. 나는 핸드폰을 주워 들고 사무실을 나갔습니다. 복도에는 취객들과 직원들 사이에 시비가 붙어 있었습니다. 피 묻은 내 얼굴은 그 누구의 이목도 끌지 못했지요. 과도에 찔린 추 실장이 언제쯤 발견될지 몰랐습니다.

사람들은 왜 내 진심에는 관심이 없는 건지요. 나는 악을 쓰고 싶지 않았습니다. 잔인해지고 싶지 않았습니다.

나는 내가 해야 일을 하고 싶었을 뿐입니다.

지세준

연희정의 트위터 계정에 대야미 영상이 올라왔다. 매니저 누나도, 경 대표도 미친 사생의 자폭으로 일이 해결되었다며 한시름 놓을 때, 나는 그동안 '연희정'이라는 여자가 한 번도 내 예측대로 움직인 적이 없다는 것을 깨달았다. 휘둘린 것은 나였다. 골반 춤이 강조된 엠마트 직캠에서 지세준은 한국의 믹 재거일 수밖에 없었고, 여중생에게 탐폰을 사주는 지세준은 의식 있는 연예인이었다. 연희정이 찍은 사진 속 내 열 손가락의 손톱들은 언제나 가지런하게 다듬어져 있었다. 프레임을 씌우고, 콘셉트를 만들고, 보정을 하는 것은 연희정의 몫이었고 나는 그에 따랐다. 연희정이 찍은 대야미 영상에서 나는 완벽한 피해자였다. 술을 달라는 린아에게 소주잔을 내미는 내 손은 미세하게 떨리고 있었고, 난동을 피우는 린아를 보는 내 눈동자는 흔들렸으며, 입술은 바짝 말라 있었다. 이상했다. 당시 나는 막무가내로 돈을 요구하는 린아가 귀찮았을 뿐인데, 적당히 달래서 보내버리자는 생각뿐이었는데. 연희정의 영상 속 나는 전 여자 친구에게 스토킹을 당하는 피해자가 되어 있었다. 잘 짜인 프레임이었다. 그 안에서 나는 미저리 같은 전 여자 친구 박린아에게서 벗어나고 싶어 하는 지세준이었고, 연희정은 박린아가 지세준을 해하는 증거를 남기기 위해 영상을 찍은 홈마였다. 내가 린아의 낙태를 종용했다는 의심을 지우지 못했던 팬들은, 영상 속 피해자 지세준을 안쓰러워했다. 나약한 피해자가 된 지세준을 사랑했다.

아직 끝난 것 같지 않은 기분이다. 그 이유를 알고 있다. 나는 연희정의 '다음'을 궁금해하고 있으니까. 사람을 죽이고, 그 사람의 삶을 살며 연예인 덕질까지 하던 여자가 실종된다. 어딘가에 감금되어 있는 상황인 줄 알았던 여자가 홈마 활동을 재개한다. 그다음이 무엇일지 궁금한 만큼 두렵다.

민성연의 전화를 받을지 말지 고민하다가 결국 받는다. 민성연의 목소리가 격앙되어 있다.

"지세준 씨, 솔직히 말합시다. 정연희가 컨택해왔죠? 영상 공개 대가로 정연희의 도주를 도와주기로 한 겁니까?"

내게 돈을 받지 못해 성이 난 민성연이 찔러보는 것일까. 나역시 연희정의 예측할 수 없는 행동에 당황했음을 말한다.

"저는 그 여자가 있는 곳도 모르잖아요. 가르쳐주지도 않았으면서. 연희정, 아니, 정연희는 어떻게 된 건데요?"

민성연이 뜸 들인다. 보아하니 연희정이 어디 있는지 아는 눈치다. 그래놓고 나한테, 연희정을 도와줬니 어쨌느니……

"시신이 발견됐습니다. 정연미의 시신이."

연희정

트위터에 영상을 올린 뒤, 핸드폰은 쓰레기 수거차에 던져버렸습니다. 경찰이 나를 찾고 있는지는 모르겠지만, 나에겐 해야 할 일이 남아 있었습니다. 정연희로 살 수 없었듯, 정연미로도 살 수 없게 되었으니까요. 추 실장이 죽었을지 살았을지 궁금했습니다. 과도로 찌르고 수석으로 찍어내려 확인 사살까지 했으니, 내 죄명은 최소 살인미수겠지요.

이번엔 정말로 정연미를 세상에서 지워야 했습니다.

납골당에 언니의 유골함을 두긴 했지만, 언니를 태우지 않았습니다. 아버지에게 그랬듯 가족이니까, 그래도 가족이니까 마지막 도리는 하고 싶었습니다. 언니를 엄마 옆에 묻어주고 싶었습니다만, 고향까지 시신을 옮기고 매장하는 비용을 당장은 감당하기 어려웠지요. 엠마트 시절 거래처의 냉동고를 잠시 빌리기로 했습니다. 마음이 아팠습니다. 당분간은 냉동고에서 수입산 고기처럼 얼려질 언니를 생각하면 괴로웠습니다.

네, 변명으로 들릴지도 모르겠습니다. 언니를 냉동고에서 꺼내 렌터카에 넣고 불을 붙인 건 이미 고인이 된 자를 욕보이는 행위겠지요. 나 살자고 언니를 한 번 더 죽인 것이겠지요. 그렇지만 방법이 없었습니다. 이제는 정연미로도 살 수 없는 내가 사라질 방법은 그것뿐이었습니다.

차 안에서 불에 타들어가는 언니를 보며, 세준을 떠올렸습니다. 세준은 괜찮을 거라고 생각했습니다. 세준을 사랑하는 사람은 한둘이 아니니까요. 홈마 연희정의 자리를 대체할 누군가가 나타날 테니까요. 나는 끝까지 홈마 연희정으로서 할 도리를 다하고 가는 것이니, 후회는 없었습니다만.

마지막으로, 세준과 깍지를 끼고 싶었습니다.

깍지 낀 손을 흔들며, 나를 누나라고 불러주는 세준의 목소리가 듣고 싶었습니다.

……지금도.

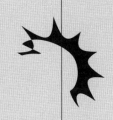

3
장

세준은 오피스텔의 침대위에 몸을 웅크리고 누워 있었다. 팬 사인회를 마치고 코엑스를 빠져나왔을 때, 목이 따끔거리기 시작하더니 금방 열이 올랐다. 감기약을 정량 넘게 복용했다. 약에 취해 푹 자고 일어나면 한결 나아져 있으리라 생각했다. 죽집이 문을 닫아 레토르트 죽을 사서 문고리에 걸어두었으니 먹고 자라는 매니저의 전화를 받았지만, 약기운이 밀려왔다.

잠에서 깬 건 인덕션 타이머 소리 때문이었다. 스튜디오형 구조였기에 침대에서 부엌이 보였다. 테이블 너머, 앞치마를 두른 채 부산스레 움직이는 여자의 뒷모습에 세준은 움칫했지만 이내 마음을 놓았다. 매니저이리라. 약기운에, 잠기운에 눈

앞이 흐릿하지만 저 여자는 매니저이리라. 그때 여자가 돌아
봤다.

"깼어?"

여전히 흐릿한 시야 속, 그 목소리는 분명하게 들렸다.

"누나가 왜……."

"편의점 죽 같은 거 먹고 어떻게 힘을 내겠어. 지금 전복죽
끓이고 있어."

"그러니까, 누나가 왜……."

"코엑스에서 널 그냥 보내는 게 아니었는데."

"누나."

"나도 감기를 달고 살아서 상비약을 갖고 다니는데, 효과가
좋거든. 아까 줄 걸 그랬지."

"이러는 건 아니잖아요……."

"죽이 달다. 전복 풍미인가? 역시 백화점 식품관에서 사길
잘했어."

"……쉬고 싶어요. 알잖아요. 요새 힘들었다는 거."

"아파서 입맛 없다고 굶는 거 안 좋아. 나는 네 식습관이 항
상 걱정이야."

"……내가 잘 먹으면요?"

"잘 먹으면 좋지."

"잘 먹으면 살찔 테고…… 내 모습이 보기 싫어질 텐데요."

"네가 싫어질 수 없어. 그런 일은 일어날 수 없어."

"싫어질 수 없다는 말까지, 모두 내가 지겹게 들어왔던 말이에요."

"나는 그런 뻔한 여자가 아니야."

"맞아요. 뻔한 여자는 아니에요. 누나는……."

"아직 쌀이 덜 퍼진 것 같아. 냉장고에 안심이 있던데, 그것도 좀 넣을까."

"누나는 미친 것 같아요."

지세준

정연희는 정연미의 이름으로 유서를 남겼다. 시신의 치아를 치과 기록과 대조하여 불에 탄 시신이 정연미인 것이 확인됐다. 현장 감식 결과, 저항 흔적은 없었다. 모든 장기가 새까맣게 타버려 사망시점을 추정하기는 어려웠다. 민성연은 정연희가 정연미를 죽였고 어딘가에 버젓이 살아 있을 거라는 자신의 주장이 먹히질 않자, 정연희가 돈을 빌리기 위해 유근호에게 보낸 문자메시지를 근거로 세우려 했다. 실패했다. 정연희는 정연미의 시신을 태우기 전 유근호에게 문자메시지를 보내두었다.

> 돈이 급해 동생인 척 연락을 드렸습니다.
> 죄송합니다. 돈은 갚지 못할 것 같습니다.

정연희가 죽인 단란 주점의 추 실장이라는 남자는 인신매매의 왕이었다. 그의 사무실에는 여자들을 외국으로 빼돌리고, 장기 매매를 한 증거가 차고 넘쳤다. 경찰들은 전국 규모의 인신매매 조직 검거에 집중했고, 어떻게든 그 공의 일부를 차지하고 싶어 했다. 민성연은 끈질기게, 수사 팀에 낑깡이의 미용 선생님 정연미부터 정연미를 죽인 쌍둥이 동생 정연희의 이야기를 했지만 관심을 끌지는 못했다. 서류상 정연희의 시신은 이미 화장된 상태고, 정연미는 분신자살을 했는데 대체 무엇을 쫓아야 하냐는 수사 팀장의 질문에 민성연은 입을 다물었다. 누군가는 민성연이 인신매매 조직 검거를 코앞에 두고, 엄한 여자에 포커스를 맞춘 탓에 일생일대의 특진 기회를 놓쳤다며 혀를 찼다.

불에 탄 정연미의 시신은 아무도 찾아가지 않았다. 유일한 가족인 아버지, 도박 빚을 딸에게 넘긴 그 아버지 역시 행방불명이었다. 정연미의 시신은 일정 기간 보관되다가 무연고 장례가 치러질 예정이었다.

그로부터 한 달.

린아가 깨어났다. 린아는 예전처럼 수다를 잘 떨었지만, 사건 당시에 대해서는 입을 열지 않는다. 린아를 찾아오는 형사들은 트라우마, 보복에 대한 공포로 사건에 대해 입을 다물어 버리는 피해자들이 많다며 기다릴 수밖에 없다고 말한다.

언니를 죽이고, 추 실장을 찌른 정연희에게 린아를 폭행하는 것은 어렵지 않은 일이었으리라 생각한다. 경찰은 린아 사건의 가해자가 린아를 제압할 만한 남성으로 추측했지만, 정연미는 정연희보다 몸집이 컸고, 추 실장은 근육질의 남자다. 깡마른 린아 정도는 정연희에게 쉬운 상대였을지도 모른다.

연희정은, 정연희는 정말 수틀리면 사람을 죽이고 찌르는 여자인 것일까.

린아는 내가 사온 백화점 에그타르트를 잘 먹는다. 벌써 두 개째. 나는 주머니에서 막스마라 가죽 팔찌를 꺼낸다. 병상 테이블 위에 올려둔다. 린아는 에그타르트를 우적대던 것을 멈추고, 가죽 팔찌를 물끄러미 바라본다. 이윽고.

"그 여자가 나를 지켜보고 있었어. 지세준의 미친 홈마가."

박린아

　세준이 네 팬 미팅 직후였을 거야. 그 미친 홈마, 그 사생. 우리 사귈 때도 감 놔라 배 놔라 말이 많더니 집까지 쫓아와서 감시하더라. 몸을 어디 숨기지도 않은 채, 집 앞 골목에 서서 우리 집을 올려다보고 있었어. 평소라면 그 여자의 머리채라도 잡아채서 경고했겠지만 그날은 그럴 필요가 없었어. 그 여자는 곧 박린아 자살 현장의 최초 목격자가 될 예정이었거든.

　베란다 천장, 빨래 건조대에 끈을 묶었어. 그 여자의 눈이 커다래지는 것을 봤어. 미친년, 어디 한번 못 볼 꼴 좀 봐라. 더럽고 추한 자살을 목격하고 구역질 좀 해봐라. 매일 밤, 목을 매단 박린아가 나오는 악몽을 꿔라. 속으로 그 여자에게 악담을 해댔지. 순간 의기양양해지더라. 내 죽음이 누군가를 괴롭게 만들 수 있다는 게. 나도 제정신이 아니었던 거야.

지세준, 네 말이 맞아. 손목을 그은 나한테 너 힘든 거 알아줄 테니 이제 그만하라고 했지? 그래, 손목에 상처를 낸 건 내가 쎄빠지게 산다는 걸 누가 알아주길 원해서였던 거야. 나 힘든 거 티내고 싶었던 건데. 목을 매다는 건 달랐어. 진짜 죽고 싶었어. 이번에는 정말 죽는 게 목표였다고.

그런데 진짜 죽는다는 건 다르더라. 존나 아프고 존나 무서운 거더라고. 카드깡으로 거지가 됐을 때도, 임신인 걸 알았을 때도 뭐 어쩌랴, 될 대로 되라는 생각이었거든. 후회해서 뭐 하냐고, 이미 벌어진 일이라고 생각했는데. 이번에는 달랐어. 줄이 목을 조여 오자마자 후회했어. 살고 싶어졌어. 어떻게든 살아갈 수 있을 것 같았어. 이미 늦었다고 생각한 순간, 나를 지켜보고 있던 그 여자와 눈이 마주쳤고. 살아보려고 용을 쓰는데, 그 여자가 움직였어. 우리 집이 2층이잖아. 1층부터 실외기를 타고 올라오더라. 베란다 난간을 넘고 들어와 내 다리를 붙드는 그 여자를 보면서, 이제 살았다는 안도감이 들었어. 그 가죽 팔찌는 나를 구하는 틈에 떨어진 게 아닐까 싶어. 나중에 돌려줄 수 있으면 돌려줘야지 하고 갖고 있으려던 건데.

"이렇게 죽어버리면, 세준이는 박린아 씨를 죽인 나쁜 놈이 되어버려요."

지세준, 너 말야. 네 팬들, 그 여자들한테 대체 무슨 짓을 한 거야? 네가 그 정도야? 현타 오더라. 에이씨, 그냥 죽고 말걸. 사생 년한테 고나리질당할 바에야. 열이 확 받는 순간, 여기저기 쓸려 상처가 난 그 여자의 팔을 봤어. 실외기에 올라, 외벽을 타고 오느라 생긴 상처들이었어. 알잖아, 나 단순한 거. 울컥하더라. 몰라, 나도 왜 울었는지. 그 여자한테 미안한 것도 아니고 내 처지가 불쌍한 것도 아니었는데.

그 여자가 자기 얘기를 시작했어.

"언니가 한 명 있었어요."

울음을 멈추고 그 여자를 쳐다봤어.

"언니가 내 앞으로 사채를 썼더군요. 눈치챘을 땐, 원금이며 이자며 모두 내가 갚아야 하는 상황이었어요. 기가 막혔지만, 일단 빚부터 갚자 생각했어요. 착하게 군 게 아니에요. 집 보증금을 빼고, 저축해둔 것을 긁어모으면 이자는 갚을 수 있을 것 같았거든요. 언니한테 보여주고 싶었어요. 제대로 사는 삶이라는 게 뭔지. 너와 내가 뭐가 다른지."

뭐래, 이 사생 아줌마가. 살려줬다고 훈수 두려는 건가 싶어서 발끈했는데.

"집에 가니까 언니가 죽어 있었어요. 번개탄을 피워놓고 수면제까지 먹은 채 반듯이 누워 있었죠."

에이씨, 찔리잖아. 내 얘기 같아서, 인생 포기하고 죽는 걸 택한 게 내 얘기 같잖아.

"기가 막혔어요. 나한테 모든 짐을 지게 하고 죽어버린 언니가. 언니는 또다시 내 뒤통수를 치고 도망간 거였죠. 한편으론, 내가 집에 조금만 빨리 돌아왔다면, 언니를 막을 수 있었을까 하는 후회도 들고요."

그 여자가 내 손을 잡았어. 낯간지러운 상황이 연출되는 게 싫어서 손을 빼려는데,

"제발 살아요. 죽음으로 회피하지 말고, 어떻게든 살아요."

그러지 못했어.

야, 있잖아. 애 아빠, 앱에서 만난 남자 아니다? 김 사장 새끼야. 나 일하는 고깃집 사장, 그 새끼야. 그 새끼 곧 있음 결혼하거든. 내가 임신했다고 하니까 집까지 찾아와서 지랄하더라. 그러다 눈이 돌아서 죽일 듯이 패더라고. 뭐 하러 돈을 들여 애를 없애느냐고, 자기가 직접 죽여주겠다고. 결국 그 새끼 말대로 됐네, 씨발.

야, 세준아. 사람들이 내 말 믿어줄까? 나 같은 애 말도 믿어줄까?

너는 믿는다고?

뜻밖이네.

고맙기도 하고.

"누나는 미친 것 같아요."

"맞는 말이야."

"누나, 이거 칭찬 아니에요."

"미치지 않고서야 되겠어? 누군가를 좋아하는 일이야,

사랑하는 일이야."

지세준

산 초입에서 민성연이 기다리고 있다. 가파른 암벽을 올려다보며 나를 놀린다. 한국의 믹 재거는 아무나 하는 게 아닌가보라고. 내려가며 얘기를 나눈다.

민성연은 여전히 정연희가 쌍둥이 언니 정연미를 죽였다고 생각한다. 정연희가 자살하려는 린아를 살린 후, 린아에게 터놓은 이야기들을 믿지 않는다.

"홈마든 사생이든 어쨌든 본인 팬이었던 정연희가 조금이라도 좋은 사람이기를 바라는 거. 지세준 씨, 그런 거 아닙니까?"

"아뇨. 여전히 정연희가 미쳤다고 생각하는데요."

"그럼 뭐, 그건가. 미치지 않고서야 살아갈 수 없던 정연희를 향한 동정심?"

"홈마 연희정에서 인간 정연희로 확장되는 순간들이 마음을 불편하게 만들기는 했죠. 내 팬들의 인생을 자세히 들여다본 적은 없었으니까."

"언니에게 당하고 아버지한테 또 당한 정연희가 안쓰러웠다는 겁니까?"

"것도 아니고요."

"뭔데요, 그럼."

"……비슷한 것 같아서요."

"네?"

"내가 가수 지세준이 된 이유와, 정연희가 '연희정'이 될 수밖에 없었던 이유가."

"이 사람, 알 수 없는 말을 하네."

민성연이 나를 흘기더니, 이내 눈빛이 진지해진다.

"나는 계속 정연희를 쫓을 겁니다."

나는 고개를 끄덕인다. 정연희를 쫓는 것, 찾아내는 것은 민성연이 할 일이다. 지세준은 이제 정연희의, 연희정의 다음을 궁금해할 필요가 없다. 홈마 연희정은 지세준을 떠났다.

에필로그

    5천 석을 메운 단독 공연이 끝난 뒤 이어진 뒤풀이는 시끄럽다. 모두가 취한 채 말이 많아진다. 다사다난했던 지난 몇 개월을 돌이키며, 건배사를 하는 경 대표가 눈물을 훔친다. 매니저 누나는 코웃음을 친다. 밖에는 비가 내리지만 팬들은 요지부동이기에 나는 취할 수가 없다. 취한 척, 예쁜 웃음을 지을 수는 있지만.

    새로 입사한 직원과 위기관리 팀 팀장이 어깨를 붙이고 앉아 있다. 둘은 같은 핸드폰 화면을 들여다보고 있다. 뭐, 팀장은 얼마 전에 이혼했으니 이제는 자유연애다.

    내가 팬들이 서 있는 밖을 힐끗대자, 매니저 누나가 조용히 다가와 말한다.

"주방 통하면 뒷문 있어."

매니저 누나가 쥐어주는 담배 한 개비와 라이터를 들고 일
어난다. 바삐 움직이는 주방 이모들을 지나 쪽문을 빠져나온
다. 사람 하나 겨우 지나다닐 법한 좁은 골목이 나온다. 담배에
불을 붙이려다 시선을 느낀다.

"걱정마세요, 빠순이 아니니까."

육덕진 몸의 남자, 서른쯤 되었을까. 그가 나를 보며 비실비
실 웃는다.

"그럼 누구신데요."

"정연희 씨 아시죠? 홈마 연희정."

흠칫했지만 그러나 티내지 않는다.

"홈마 연희정은 알고. 전자는 모르겠고요."

남자는 자신을 탐정 유튜버 홈주라고 소개한다. 그 말을 듣
는 순간, 그대로 돌아선다. 홈주가 다가와 내 어깨를 붙든다.
엮이고 싶지 않아 매니저 누나에게 전화를 하려는데.

"정연희 씨 아버지 정만수 씨가 저한테 사건을 의뢰했어요.
딸 둘이 다 죽었는데, 보험금을 한 푼도 못 받았다구요. 자살
특약을 따로 넣지 않았거든요. 경찰도, 보험사도 정만수 씨 말

을 들어주지 않는 상태구요."

돌아선다. 홈주를 다시 마주한다. 내 구미를 당기는 데 성공했다 싶었는지, 홈주가 또다시 비실비실 웃는다. 내게 영상을 하나 보여준다. 영상 속 배경은 빈소, 그곳에서 백발의 깡마른 남자가 부조함을 내동댕이치며 성을 내고 있다.

"기집년들은 뒤져서도 쓸모가 없는 겨.
이딴 푼돈이나 받으려고 뒤져버리남."

"이 아저씨 말이죠. 일을 키우고 싶어 해요. 생활고에, 빚에 떠밀려 죽은 자매 얘기를 동네방네 소문내서 동정표 왕창 얻고 싶은 거죠. 보험사하고 소송은 나중 문제고."

정연미는 정연희 이름으로 사채를 쓰고, 아버지란 사내는 정연미에게 도박 빚을 떠넘기지 않았던가. 자매의 아버지가 얻을 수 있는 동정표가 있을지 의문이 든다. 그래, 의문이 드는 것까지만 하고 참아야 하는데.

"그 아버지란 사람은 딸 둘이 다 자살하도록 뭐 했습니까?"

뱉어놓고 아차 싶다. 홈주가 한발 더 가까워진다.

"역시, 뭔가 아는 거죠? 그럴 줄 알았어."

절대, 방어.

"사람 죽은 뒤에야 일 벌이는 게 안타까워 그럽니다. 듣자하니 그렇다고요."

홈주는 연희정이 정연희인 것을 알고 나를 찾아온 거다. 나는 끝까지 모른 척해야 한다.

"제가요, 지난 몇 달간 돌아가신 두 자매님 집이며, 주변인이며 다 뒤졌다구요. 그러면서 알아낸 것 중에 제일 흥미로웠던 얘기가 뭔 줄 아세요? 동생 정연희 씨가 가수 지세준의 열혈 팬이었다는 거."

어디까지 알고 있는 걸까. 민성연처럼 나와 연희정의 대화를 본 것은 아닐 텐데. 아니, 볼 수가 있나? 그랬다면 어쩌지? 머릿속이 복잡해지는 순간, 홈주가 카메라를 꺼낸다.

"저기요, 지세준 씨. 당신 팬이 죽은 거잖아요. 그것도 떠밀리듯이 자살한 거라구요. 평소에 팬 서비스도 무지 좋으시던데. 지세준 씨, 우리 애도 영상 하나 찍읍시다. 혹시 모르잖아요? 죽은 팬을 기리는 지세준, 요렇게 미담 하나 만들어질지?"

아, 그쪽이었나. 뭐든 가리지 않고 일단 덤벼보는 막무가내 유튜버. 마음이 놓이는 순간, 매니저 누나가 쪽문으로 나온다. 카메라를 든 홈주를 보자 바로 제압한다.

"이 새끼가! 아까 대기실도 들어오려고 하더니!"

홈주는 둔탁한 비명을 지른다. 매니저 누나에게 맡겨두고 돌아선다.

　연민을 느낄 이유는 없다. 애도할 필요도 없다. 이것은 성공한 덕질 비즈니스다.

　언젠가 그런 질문을 받은 적이 있다. 팬들은 지세준을 자신들의 전부라고 말하는데, 지세준은 본인이 팬들에게 어떤 존재라고 생각하는지. 이제야 맞는 대답을 할 수 있겠다.

　여자들은 모두 자신의 인생을 산다.

　여자들의 인생에 잠시 등장하는 베스트 맨, 반짝이다 사라지는 들러리, 그것이 지세준이다.

작가의 말

    지난해, 부모님을 모시고 어느 트로트 가수의 공연장에 갔다. 대형 공연장 주변을 가득 메운 인파에, 부모님과 나는 기차놀이를 하듯 서서 앞사람의 어깨를 짚고 사람들 사이를 헤쳐가며 티켓 부스에 도착했다. 시간 내에 티켓을 찾고 나자 안도감이 들었지만, 부모님이 걱정되었다. 두 분이 사람으로 붐비는 상황에 피로를 느끼지는 않을까 하고. 내 걱정과 달리 부모님은 활짝 웃고 계셨다.

    한번은 어느 노부부가 엄마의 어깨를 스치며 지나갔다. 돌아본 노부부는 미소를 띤 채 "행복하세요!"라고 말했다. 그 말이 익숙하다는 듯 부모님 역시 "행복하세요!"라고 외쳤다. 공연장 안으로 부모님을 들여보낸 뒤, 나는 근처 산책길을 걸었다. 공연의 시작은 함성으로 알 수 있었다. 계속되는 함성에 발걸음을 멈췄다. 나이를 가늠할 수 없는 들뜬 음성이었다. 그것은 사랑의 소리였다. 그것이 나를 『나를 사랑하는 미친 누나』로 이끌었다.

최애를 만나러 공연장에 모인 초로의 팬들을 보며, 그 행복한 얼굴들을 보며 어떻게 이런 험한(?) 이야기를 떠올렸느냐고 묻는다면 답할 길이 없다.

『나를 사랑하는 미친 누나』는 추격 멜로와 미친 사랑의 사이, 그 어딘가에 존재한다. 사랑을 갈구하는 두 사람이 사랑을 쫓는 이야기이다. 연희정에게 지세준은, 지세준에게 연희정은 그들이 살아온 날 중 유일하게 이루어진 사랑이다. 여기까지는 작가의 생각일 뿐이다. 책으로 출간되는 순간, 이야기는 작가의 품을 떠나 읽는 분들에게 맡겨진다. 독자 분들이 책을 덮고 난 뒤 가장 먼저 떠올릴 생각이 궁금하다. 어떤 분들은 "이것이 정말 사랑입니까?"라는 질문을 던질지도 모르겠다. 『나를 사랑하는 미친 누나』가 사랑 이야기로 다가오든, 아니든 읽는 이의 마음을 뒤흔들 이야기이길 바란다.

감사한 분들이 많다. 출간을 위해 힘써주신 자음과모음(네오픽션) 편집부를 비롯한 관계자 분들, 문학평론가 노태훈 선생님, 영화사 ONDA, 보이는 사람, 가족들. 그리고 현재와 미래의 독자 분들. 건강하게 글 쓰겠습니다. 감사합니다.

2024년 겨울

배기정

나를 사랑하는 미친 누나

ⓒ 배기정, 2024

초판 1쇄 인쇄일 2024년 12월 03일
초판 1쇄 발행일 2024년 12월 10일

지은이   배기정
펴낸이   정은영
편집   장혜리 최찬미
디자인   이선희
마케팅   최금순 이언영 연병선 송의정
제작   홍동근

펴낸곳   네오북스
출판등록   2013년 4월 19일 제2013-000123호
주소   04047 서울시 마포구 양화로6길 49
전화   편집부 (02)324-2347, 경영지원부 (02)325-6047
팩스   편집부 (02)324-2348, 경영지원부 (02)2648-1311
이메일   neofiction@jamobook.com

ISBN 979-11-5740-447-6 (03810)